國家圖書館出版品預行編目 (CIP) 資料

漫漫長夜／露莉文 . 圖；賴毓棻譯 . -- 初版 .
-- 新北市：步步出版：遠足文化事業股份
有限公司發行 , 2023.01
面；　公分
ISBN 978-626-7174-34-0（平裝）
862.59　　111020602

1BCI0034
漫漫長夜

文 · 圖｜露莉 루리　譯｜賴毓棻

步步出版
社長兼總編輯｜馮季眉　責任編輯｜戴鈺娟　編輯｜徐子茹、陳奕安
美術設計｜張簡至真

讀書共和國出版集團
社長｜郭重興　發行人｜曾大福
業務平臺總經理｜李雪麗　業務平臺副總經理｜李復民
實體通路暨直營網路書店組｜林詩富、陳志峰、郭文弘、賴佩瑜、王文賓、周宥騰
海外暨博客來組｜張鑫峰、林裴瑤、范光杰
特販組｜陳綺瑩、郭文龍　印務部｜江域平、黃禮賢、李孟儒

出版｜步步出版／遠足文化事業股份有限公司
發行｜遠足文化事業股份有限公司
地址｜ 231 新北市新店區民權路 108-2 號 9 樓
電話｜ (02)2218-1417　傳真｜ (02)8667-1065
客服信箱｜ service@bookrep.com.tw　網路書店｜ www.bookrep.com.tw
團體訂購請洽業務部 (02) 2218-1417 分機 1124
法律顧問｜華洋法律事務所　蘇文生律師
印製｜通南彩色印刷有限公司

2023 年 1 月　初版一刷
定價｜ 360 元　書號｜ 1BCI0034
ISBN ｜ 978-626-7174-34-0

漫漫長夜

文·圖 露莉루리
譯 賴毓棻

目次

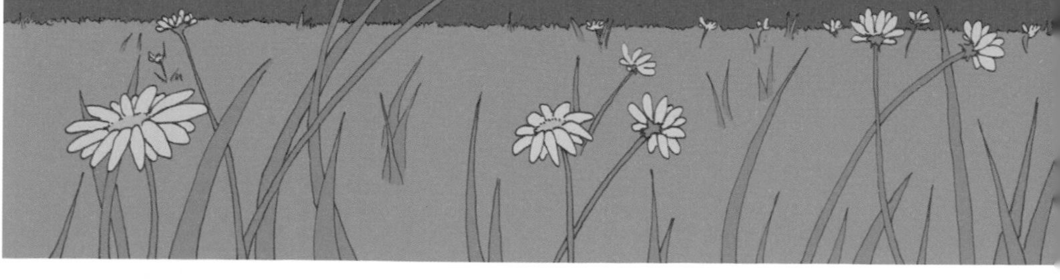

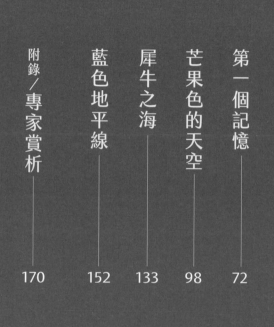

我沒有名字，但是我知道自己是誰。
比起擁有一個名字，
父親們教會了我更重要的事。
我有好幾位父親，
而他們全都擁有自己的名字。

這是關於為了一顆小蛋賭上所有、
我那幾位父親——奇庫、溫博和諾頓的故事。

大象孤兒院

犀牛諾頓的晚年，幾乎就像是一位國王，被照顧得無微不至。但那也只是人類一廂情願的想法。諾頓根本就不想天天過著那種，時時刻刻都有人跟隨在側、不停有探針戳向身體、一成不變的生活。有很多人都會來看諾頓，如影隨形的跟在他身邊，確認他什麼時候吃了什麼、觀察他的心情如何。當他沒什麼力氣時，那些人就會餵他吃藥，試圖讓他打起精神。

他們知道諾頓吃了多少、睡了多久，也知道如何避免讓他覺得太冷或是太熱。那些人類看似對諾頓無所不曉，但實際上，他們卻對他一無所知——真的什麼都不知道。

諾頓最後的結局可說是眾所皆知，因為全世界都在關注著他，但沒有任何一個人知道他生命的起始。令人傷感的是，就連諾頓自己也記不得了。

諾頓所能想起最初的記憶，就是大象的鼻子。

當他一睜開眼睛，就發現自己被一群大象圍繞著。他不記得自己是從哪裡來、父母是誰、還有哪些家人等等，但可以肯定的是，這些長鼻生物後來成為了他最初的家人。

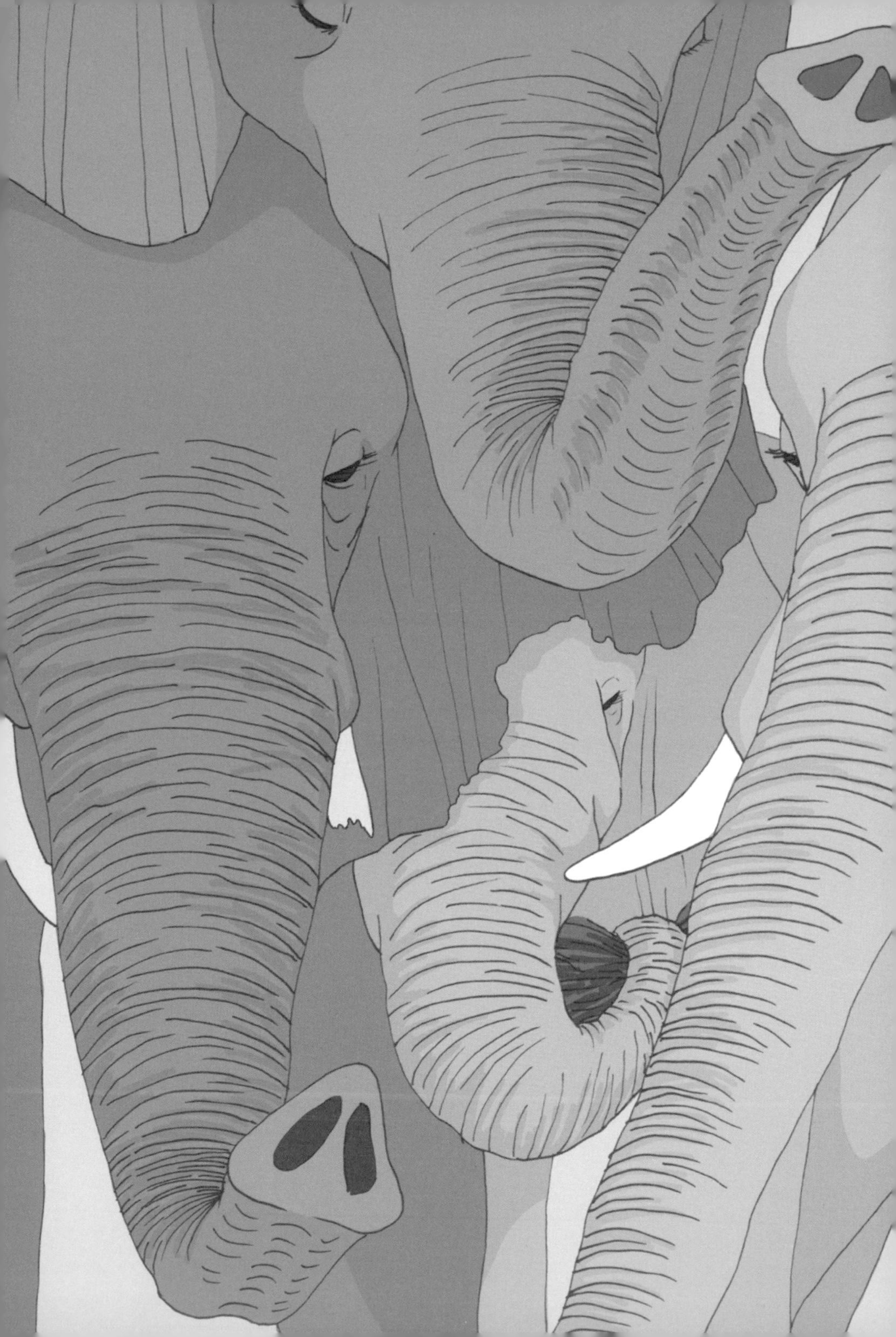

在象群中，有幾隻上了年紀的大象，但大多都是年幼的小象。然而，就算只是小象，體型也比他這隻犀牛大上許多。大象不管是吃飯、洗澡、互相幫忙等等，幾乎做任何事情的時候都會用上鼻子。但身為犀牛的諾頓沒有長鼻可以使用，甚至連一雙可以用來搧風和趕跑蒼蠅的大耳朵也沒有。

他一直以為是自己年紀小，鼻子和耳朵還沒發育完全的緣故，因為其他大象總是這麼告訴他：「別著急，我們在你那麼大的時候也是這樣。而且，就算你心裡再怎麼急，也不可能因此就能馬上長大。」

但後來，諾頓的鼻子和耳朵並沒有隨著時光流逝，而跟著變長或變大——他只長出了一支犀角。他隱約發現自己並不是一隻大象，但其他大象卻也不怎麼在意。

領導象群的大象奶奶告訴諾頓：「有的大象是因為瞎了眼而來到這裡，也有的是一瘸一瘸、跛著腳來到這裡，還有的在來的時候，就已經少了一隻耳朵。所以，如果眼睛看不見，只要跟看得見的大象結伴而行就好；如果腿不方便行走，那就依靠著大腿結實的大象同行。只要和其他同伴在一起，一切都不成問題。就算你的鼻子沒有變長，這又有什麼關係？反正這裡還有很多大象的鼻子很長，你只要待在我們身邊就好，這樣才是順其自然。」

過了好一陣子，等到諾頓的犀角全都長好了之後，他才知道原來自己是在一間大象孤兒院裡。

大象孤兒院是人類為了保護失去親人的小象所打造的地方，雖然不知為何會收容一隻犀牛，但諾頓在那兒度過的歲月，是他一生中最安詳寧靜的時光。在那裡，他不曾感到飢餓，也不曾遇過危險。無論何時，他總是與大象同在，那些大象會用自己的鼻子，替沒有長鼻的諾頓灑土或澆水，也會幫他摘取高處的樹枝。諾頓和他們一起吃著人類餵食的飼料，一起在河裡洗澡，天黑後，還會一起背靠著背的進入夢鄉。

諾頓認為自己是隻披著犀牛外皮的大象。大象非常強壯，只要他們願意，就能以比風還快的速度撞飛對手，也能用比十頭水牛更重的身體將對方壓垮。不過大象並不魯莽，他們不會輕易發怒，因為只要一生起氣來，立刻就會開打，而打架又是一件會招來死亡的事情。大象才不會隨便對待自己和其他生命，這是他們的智慧，而諾頓非常喜歡睿智的大象。

有隻烏鴉時常飛來，對他們講述孤兒院外的世界，某次，他提起有一群犀牛長得和諾頓非常相似。諾頓聽到在世上的某個角落，竟然有著與自己相同的存在，覺得非常新奇，甚至還聽故事聽到忘了時間。根據烏鴉的說法，他們像諾頓一樣，吃著相思樹的樹葉，也會將泥土抹在身上、在樹幹上磨蹭犀角等等。

諾頓對犀牛的事情感到好奇，他進行著各種想像，但馬上又覺得這些事和自己無關。對他來說，大象比犀牛更讓他覺得親近，當他試著想像自己在成年後的帥氣模樣，腦海中自然浮現的是一隻威風凜凜的大象。做為犀牛出生的諾頓，就這麼以一隻大象的身分活著。

然而，大象孤兒院也並非是所有大象的安身之處。雖然有的大象會像大象奶奶一樣在那裡度過終生，但也有些大象想要回到外面的世界生活。在他們重返外界之前，還必須先通過考試才行。

在大象的傷口治癒後，或是小象成長到某個階段時，人類就會將他們帶往一個四周圍著鐵網的地方，在那裡製造出「砰！砰！砰！」的巨響，並用銳利的棍子刺他們的身體、嚇唬他們。接著，又變回原本和藹可親的樣子，遞上食物給剛才飽受苦難的大象吃——這麼一來，意圖重返外面世界的大象，就會害怕的作勢想要逃跑；而想留在孤兒院裡的大象，則會毫不猶豫的走近人類，吃著他們餵食的飼料。

人類只會相信表面看見的東西，但大象不是傻子。縱使人類想透過這種測驗來測試他們，但大象總是會在深思熟慮過後，自己選擇自己的將來。

輪到諾頓做出選擇的日子即將到來，他一直認為等到那天來臨時，自己會選擇留在孤兒院裡。他想在此度過餘生，如果選擇留在這裡，就能過著平靜安寧的日子，不但可以幫助那些新來的大象，也能讓生活變得更有意義。但是，他還是一直猶豫不決，就連自己也不知道為什麼。

諾頓開始陷入沉思。他沒有長鼻子，卻長有犀角，他很好奇自己為什麼會有犀角，於是想起之前從烏鴉那裡聽說的事。他心想，或許離開孤兒院去找其他犀牛，就能知道答案了。諾頓覺得自己太不像話，竟然就為了這個原因，遲遲無法決定自己是否該留在孤兒院裡。他想要像一隻大象一樣，做出明理又充滿智慧的判斷，不能魯莽的做出決定，必須要想得更多、看得更遠才行——他不斷這麼告訴自己。

諾頓好不容易才下定決心，告訴大象奶奶自己要留在孤兒院。他以為奶奶聽了會很開心，沒想到竟得到這樣的回覆：「你不是還有事情想要知道答案嗎？我只要看你的眼神就知道了。你現在不走，就永遠都走不了。如果你不親自去尋找，就一輩子都不會知道答案。去吧，走向更寬闊的世界吧。雖然我們會因為你的離開而感到傷心，但是不要緊，就像我們覺得幸好遇見了你那樣，外頭一定也會有人慶幸自己能與你相遇。」

距離進行測試只剩下一天，但諾頓始終無法做出決定，一直在「留在大象孤兒院」和「去外頭闖一闖」的想法之間搖擺不定。每當他努力試著想要像一隻大象般思考，自己不是大象的事實，也就變得更加明確。如果他生來就是一隻大象，那麼一切都會容易許多。諾頓遲遲無法入睡，這時，象群緩緩揮舞著長鼻走向他，並對他說：「在我們面前有一隻非常出色的大象，而他同時也是一隻犀牛。既然你已經當上一隻出色的大象，現在就只剩下要成為一隻出色的犀牛了。」

隔天的測驗結束之後，人類決定要將諾頓送到外面的世界。在離開之前，大家用鼻尖撫摸著諾頓說：

「不要忘記我們喔。」

「注意身體健康。」

「這段期間真是感謝你。」

「等到時機來臨，我們一定會再相聚的。」

孤兒院裡的大象一隻隻發出巨大的鳴叫，替諾頓祈求好運。

諾頓記住了他們的每一句話，卻忘了當時自己是如何回應的。他一直都很後悔當時沒能好好道別。

我曾經問過諾頓會不會後悔當初決定離開孤兒院，他說：「一隻出色的大象是不會後悔的，也幸虧如此，我們才有辦法成為比前一天更好的大象。我也曾經好幾次回顧著過去發生的事情，有些事讓我悔恨不已，但也有些事是我絕對不會後悔的。選擇來到外頭的世界，正是那少數我不曾感到後悔的事情之一。」

沒有角的犀牛

諾頓在離開大象孤兒院、來到外頭的世界後，獨自四處流浪了好一段時間。自己一個似乎也不算太糟，想去哪裡就去哪裡，想做什麼也都能隨心所欲。

偶爾會有一些景象讓諾頓駐足觀賞，像是從遠方洶湧而至的烏雲、在烏雲中放出光芒的閃電、早上太陽升起時附近閃閃發光的草叢、第一滴雨水從天而降後留下的痕跡，還有高高的草兒隨風搖曳的模樣等。

這些都讓諾頓為之震懾，他花了充分的時間，好好欣賞了眼前的風光。

有一次，當太陽落近地面時，整片天空都被染成了紅色，樹木和土地的輪廓也變得更加清晰。接著，諾頓在那幅景象中，發現了和自己外型格外相似的黑色輪廓，一、二、三、四、五，有五個黑色輪廓在遠處排成一排，緩慢的移動著。

光靠自己一個是當不成犀牛的。諾頓之所以能成為大象，就是因為有其他大象在他的身邊，所以想要成為一隻犀牛，就必須要與其他犀牛結伴才行。光是這樣遠遠的看著其他犀牛，就讓諾頓覺得自己更像隻犀牛了。

諾頓是一隻出色的犀牛，我是這麼認為的。過不了多久，他就在附近遇見了一隻犀牛，她和諾頓一樣有著潔白又美麗的犀角。後來那隻犀牛變成了諾頓的家人。

諾頓常說他的妻子是一隻出色的犀牛，往哪個方向可以找到很多食物、哪裡可以找到飲用水、該如何察覺危險、如何尋找溫暖的床鋪等，這些全都是妻子教會他的。他的妻子看著在大自然中有點笨拙的諾頓，稱他是隻「有點特別的犀牛」。

很快，他們的女兒誕生了，妻子和女兒帶給諾頓超乎想像的幸福。他們三隻犀牛不管去到了哪裡，總是形影不離，不管是穿梭在草長得高高的草原中、在樹幹上磨蹭犀角，或在樹蔭下睡午覺，諾頓的身邊總是有妻子和女兒相伴。他有時會和妻子面對面躺下，東家長西家短的聊著各種話題，女兒則會在一旁，像是一刻也不得閒似的，用腳踢踢媽媽的鼻子，再用諾頓的犀角搔搔自己的肋骨。每當圓圓的滿月高掛夜空，他們就會去找一個舒服的泥坑，在月光下沐浴，這時若再下起一場淅瀝淅瀝的小雨，便別無所求了。

諾頓鮮少提到妻子和女兒，他們是他生命中最閃耀的存在，而他總是不忍開口提起那耀眼的光芒。

事情發生的那天，也是個滿月高掛的晚上。

諾頓一家為找到一個寬敞的泥坑而興奮不已，女兒興高采烈的跑進泥坑裡面搓背，諾頓和妻子也緊跟在後。這時，天空正巧開始落下雨滴，三隻犀牛互相對看了一眼，這真是個完美的夜晚啊。

這時，他們聽到奇怪的聲響，諾頓緊張的換了一個姿勢，他原本以為是右側的草叢在動，結果發現是左側的樹木在晃動。有個東西正在逐漸逼近諾頓的家人——那是個非常大或數量眾多的東西。

過了一會兒，月亮從烏雲中探出頭來，照亮了盤踞在黑暗中的大卡車和人類。諾頓不清楚為什麼，曾在大象孤兒院見過的人類會出現在這裡，他們身上還散發著一股奇怪的氣味。一直到很久之後諾頓才明白，那是槍的火藥味道。

「砰」的一聲，泥坑的四周開始震盪，鳥兒也全都飛走了。諾頓的妻子沒有半點遲疑的衝上前去，因為她不是出色的大象，而是一隻出色的犀牛。當諾頓還站在原地發呆的時候，他的妻子早已在前方，像在威脅似的對著卡車和人類揮舞犀角。

伴隨著貫穿腦門的喧囂聲，從人類那裡飛來了一些像是小石子的東西，插進諾頓的妻子身上。她搖搖晃晃的，開始站不穩腳步。原本躲在諾頓身後的女兒衝向媽媽。

諾頓這才猛然回過神來，一股或許會失去妻子和女兒的恐懼，從腦中席捲而來。他發出怪聲，一路奔向妻子和女兒，一些小石子也朝著他飛來。諾頓為了趕走人類，跑得更加狂妄快速。這還是他第一次感到如此害怕。人類逐漸後退，甚至還有幾個人跑到很遠的地方，諾頓心想著要讓人類根本無法接近，便衝向前去追趕遠處那些卡車和持槍的人。

突然，泥坑那裡傳來妻子的慘叫聲，諾頓嚇一大跳，回頭一看，發現人類使用了卑鄙的策略——他們一群人負責引開諾頓，另一群人則躲在泥坑附近，趁機偷襲他的妻子和女兒。諾頓再度卯足全力奔向泥坑，人類一邊開槍射擊，一邊向四面退散，之後和卡車一同遠遠逃離現場。等到諾頓回到泥坑時，人類早已全都逃逸無蹤。

諾頓的妻女無力的倒臥在地，皎潔的月光照耀在她們身上，泥坑裡滿滿都是血。他的女兒全身各處插著好幾枚子彈，頭也埋進了泥巴裡，諾頓試著用臉磨蹭女兒，但她卻一動也不動的躺在那裡。諾頓走向妻子，她的犀角被切至深處，急促的喘了最後一口氣。諾頓用鼻子碰了碰妻子的鼻頭，沾上了血跡。

比夜晚更加漫長、更漆黑的黑暗降臨了。

有幾個人類在不久後行經此地，發現諾頓和兩頭死掉的犀牛一起

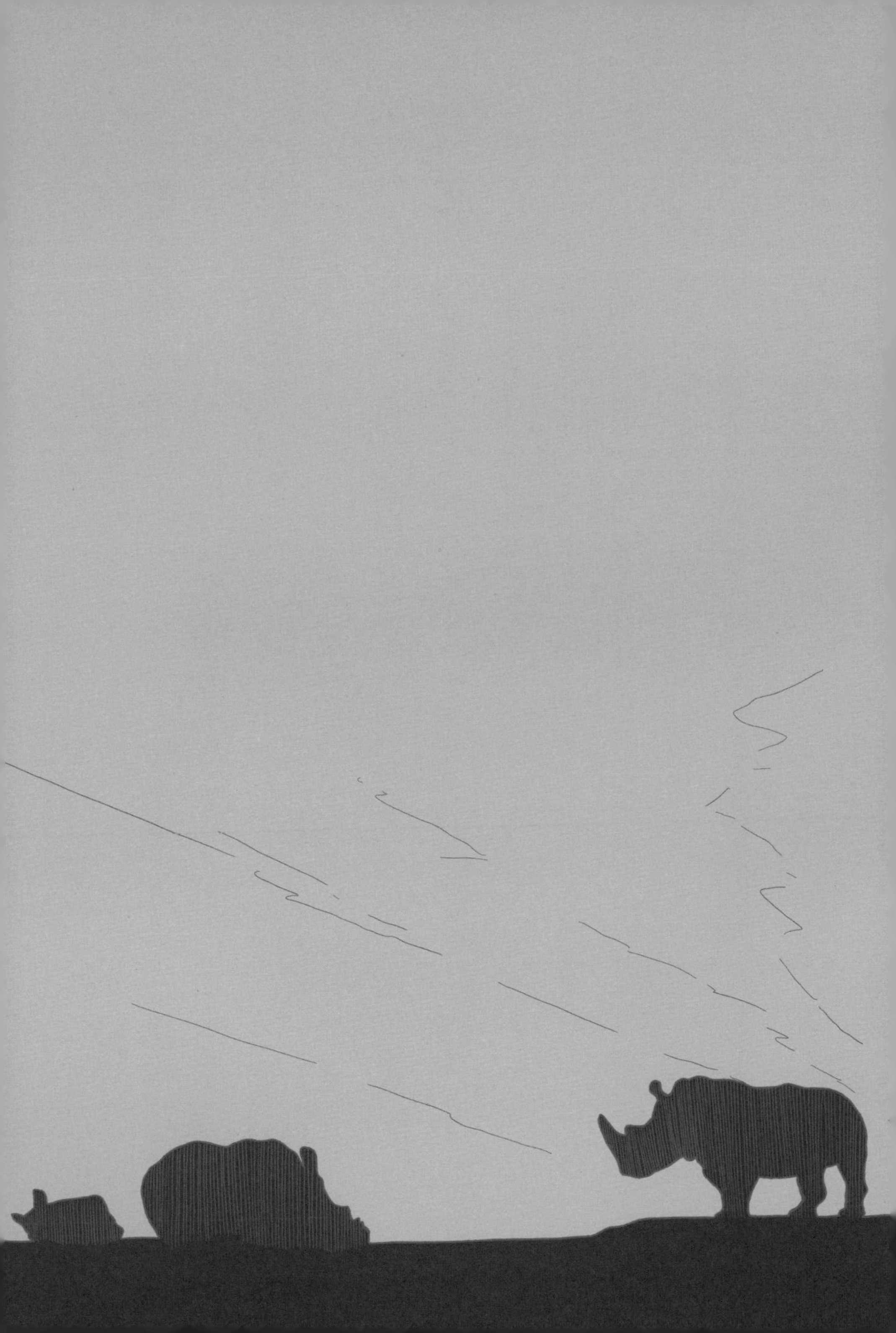

倒臥在泥坑中，他們立刻動身救援諾頓。諾頓後來被送往最近的醫院，接受子彈摘除手術，還打了營養針，接著又被打了一劑麻醉針，沉沉睡去。

當他再度睜開眼時，發現自己來到了前所未見的地方，四周都圍著鐵欄杆，前方還貼著這麼一張告示牌：「**為各位介紹天堂動物園的新家人——諾頓！**」

他就這麼被取名為「諾頓」。

除了他之外，那裡還有一隻名叫「昂加布」的犀牛。昂加布是在天堂動物園裡出生長大的犀牛，當他看見和自己長得一模一樣的諾頓，高興得彷彿就要跳起來。

然而，諾頓對於昂加布或是動物園，一點興趣都沒有。他試著攻

擊眼前見到的所有人類，也不願意吃動物園裡餵食的乾草。而一到夜裡，他就一定會作惡夢。

每當那種時候，昂加布就會悄悄走到諾頓身旁，將他喚醒。

「你就是白天愛發脾氣，晚上才會作惡夢。」

「不關你的事，走開，不要管我。」

「我知道怎麼樣可以不作惡夢……」

諾頓沉默不答。

「如果聊著開心的事入睡，就不會作可怕的夢了。是真的喔，如果你不信，那就試試看嘛，今天先試著告訴我一些外面世界的故事吧。跟你說，我從來沒有踏出過這裡一步，你就當做是為我這隻犀牛夥伴做個好事，告訴我嘛。」

諾頓原本打算無視昂加布說的話，當時他對每個呼吸的瞬間都感到憤怒，滿腦也只想著要摧毀所有一切。但不知為何，他開始嘰哩瓜啦的向昂加布說起關於大象、關於他的妻子，還有他女兒的故事。那天晚上，他真的就沒有再作惡夢了。

諾頓持續過著白天惡狠狠的瞪著人類、晚上和昂加布聊天入睡的日子。昂加布最喜歡聽諾頓說他跑得比風快的故事，雖然每次都是老調重彈，昂加布卻從不感到厭倦，總是不停纏著諾頓，要他再說一遍。

「曾經，我和家人大啖一頓相思樹的樹葉後，在長得比我們還高的草叢中悠閒漫步，走著走著，我們不知不覺走出草叢，一片寬闊的草原就出現在眼前。接著我們爭先恐後、興奮的跑了起來，互相比賽誰跑得快。當時我跑得比風還更快呢。」

「哇，我從來都沒想過自己能夠奔跑耶，畢竟在這裡嘛……我想你也知道。不過我們還是能跑得比風快吧？我真的好想知道，在沒有阻攔的地方，跑得比風快是什麼感覺……」

昂加布很尊敬在動物園外，經歷過各種大小事的諾頓，同時也會很細心的告訴他動物園內的生活規則。每當動物園的人一進到籠裡，諾頓就會擺出要衝向他們的姿勢，這時昂加布就會一邊安慰諾頓，一邊向他解釋說，現在那些是進來放乾草的人、那些是進來打掃的人。也多虧有昂加布，諾頓從未真正衝撞過那些人，只是一直保持警戒的盯著他們，直到他們離開犀牛區為止。

「我說你啊，這裡的人都是好人，你看看我，都在這裡住了一輩子了。你就別太折騰他們了吧。」

「昂加布，其實我想要報仇。」

「報仇？」

「嗯，報仇，我要替我女兒和妻子報仇，我絕不會原諒那些人。不過我不知道他們住在哪裡，也不知道他們長什麼樣，只依稀記得他們的味道，所以只要是看到人類，我就要衝過去把他們撞飛。等到我把這間動物園完全摧毀、從這裡逃出去之後，就要殺了所有出現在我面前的人類。」

「逃出去？你就別作白日夢了吧，從來都沒有動物成功逃出去，想要離開這裡是不可能的。」

諾頓走近鐵欄杆。其實那連欄杆都稱不上，只不過是幾根隨處釘著的粗鐵條，中間再用鐵絲綁上一些細鐵棍，充其量只能算是一道簡陋的鐵絲圍欄罷了。尤其是那扇動物園員工專用的出入門，不僅已經生鏽，看起來還格外破舊。

「不會不可能。」諾頓看著昂加布說：「明晚我們就離開這裡吧。」

「你說什麼？」

「如果你想跑得比風還快，就相信我。」

昂加布直直的望著諾頓，似乎下定了決心，「好，那就試試看吧！雖然我還是覺得這不太可能，但我們就試試看吧！」

「那你今天先吃多一點、睡飽一點，因為明天需要用到很多力氣。」

諾頓和昂加布一想到要逃跑，就有些忐忑不安，遲遲無法入睡。隔天，他們吃得比平時還要更多，但不知為何，感覺時間就是過得特別慢。

等了好久之後，黑夜才終於降臨。一直到閉園廣播開始播放，遊客和動物園員工全都散場離開之後，才終於剩下他們兩隻犀牛。

「好，我們開始吧。」

首先，諾頓瞄準圍欄出入口的方向開始踱步，他吸了一口氣，奮不顧身的全力衝向目標。這時，鐵絲因為無法承受諾頓的重量而變長，同時「吱——」的一聲，發出了令人不快的聲音。接下來，昂加布也站到了圍欄前。

「啊，我不知道能不能成功耶。除了小時候曾和飼育員他們鬧著玩之外，我從沒做過這種事……」

「沒時間了！快點！」

在諾頓的催促之下，昂加布也試著往圍欄的方向進攻，但他不僅連一開始的踱步都很笨拙，甚至還瞄偏了方向，撞到稍微偏離大門的地方。不過或許是因為圍欄真的太過老舊，被昂加布壓住的鐵絲開始發出「叮！叮！叮！」的斷裂聲。撞擊圍欄的疼痛和撞斷鐵絲的興奮，讓昂加布不自覺大叫出聲，諾頓趕緊走到他的身邊，要他冷靜下來。

「噓！現在還不是興奮的時候。只要再撞一次，應該就會倒了。」

兩隻犀牛又再度往後退，瞄準了圍欄。這時從遠處傳來人聲，飼育員用光照亮了犀牛區，同時呼叫其他人過來。他們看見傾斜的圍欄，嚇了一跳，接著將諾頓和昂加布趕到籠子裡的其中一角，用鐵絲網將

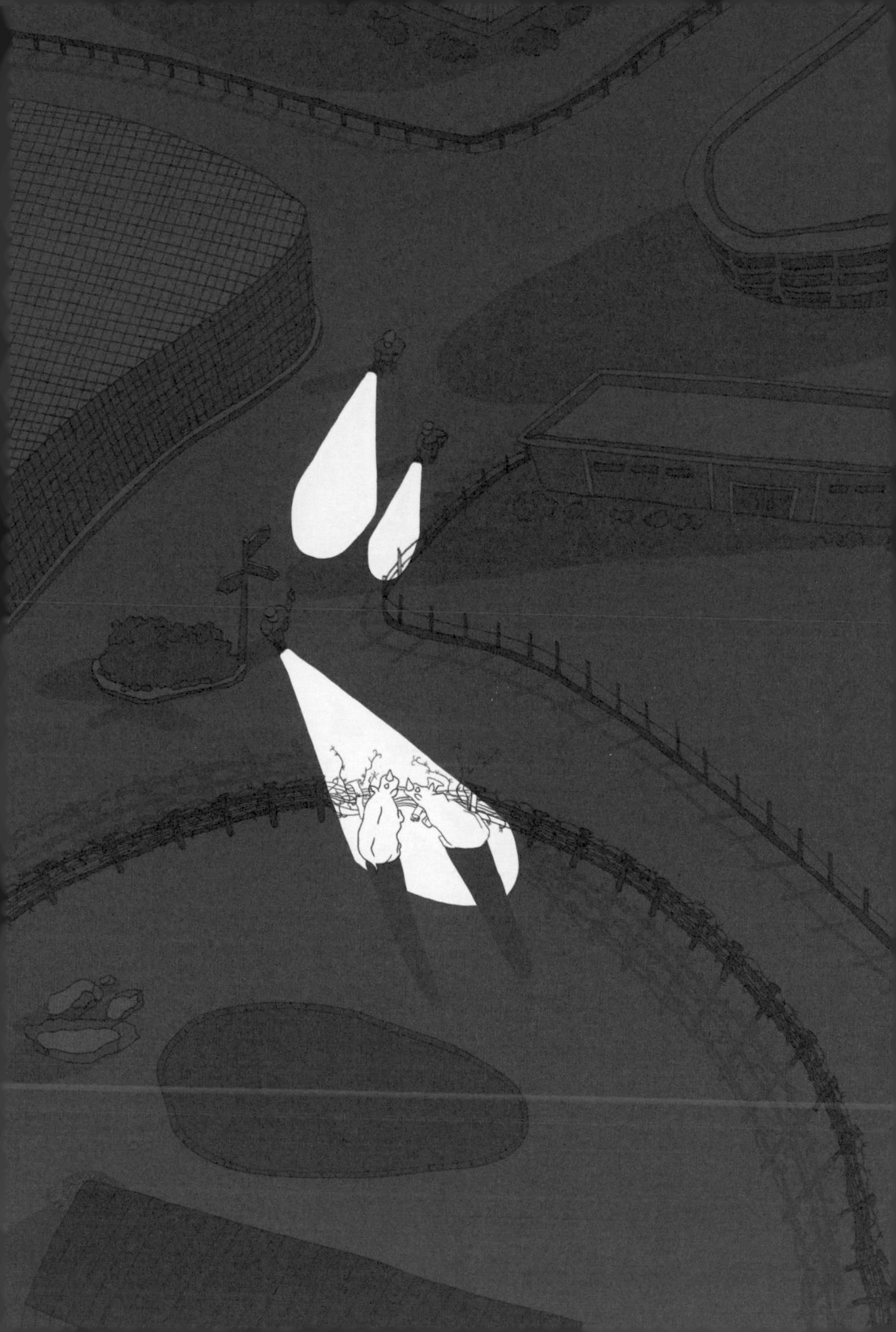

他們圍起來，不讓他們出去。兩隻犀牛就這麼被困在角落，動彈不得。

昂加布看著快要倒塌的圍欄，喃喃自語的說：「只要再一次，真的只要再撞一次，我們就能出去了……」

諾頓和昂加布試圖逃跑的計畫最後以失敗收場，犀牛區的圍欄也被換新，變成更高、更牢固的鐵絲網，他們再也無法妄想要逃出去了。兩隻犀牛就這麼沮喪的在那裡，默默待了好一陣子。

之後某天夜裡，昂加布喚醒正在睡覺的諾頓，「其實我有件事情沒告訴你，就是嘛……其實呢……曾經有個傢伙成功逃出去過。」

諾頓瞪著圓圓的眼睛，抬頭看向昂加布。昂加布看著地面，又繼續說下去：「就是八號區的紅鶴。聽說就連飼育員也不知道他不見了，是到幾個月後，他們在計算紅鶴數量時，才發現少了一隻。大家都不知道他是怎麼逃出去的，聽說他逃得真的很遠，腳上還掛著動物園的牌子，就直接成家了。不過老實說，我也不知道這件事到底是真是假。」

諾頓專心聽著昂加頓說的故事。昂加頓喘了一口氣，繼續說了下去：「總之我想說的就是……我們再試試看吧。」

當時，諾頓很慶幸有昂加布跟他作伴。現在他們唯一需要的，就是一個絕對不會失敗的周密計畫。

諾頓再度仔細查看鐵絲網的每一個角落，新的鐵絲網看起來又高又牢固，但也不是完全沒有希望。雖然可能不會像之前那麼容易，不過只要他們一有空就去扯咬鐵絲網，讓所有的接合處變鬆，接著再同時撞上去……這個辦法應該值得一試。

他們花了好幾天的功夫來制定新計畫。首先，最重要的就是自始至終，都不能被動物園的人發現，這麼一來，動物園進行大掃除的當晚，應該就是最好的時機。在大掃除當天，所有人都會因為太過疲累而早早離去。

諾頓和昂加布想出的最終計畫是這樣的——他們每晚都會避開人類的視線，去扯咬一下鐵絲網，然後在大掃除的當晚，再一起衝向鐵絲網最弱的部位，也就是那扇出入門。

「三次，我們必須在三次之內完成。」諾頓再三強調。

他教導昂加布該如何瞄準目標物和踱步起跑的方法，昂加布學得非常認真。

為了讓計畫能夠成功執行，昂加布也叮囑諾頓：「等到你逃出這裡之後，不管是要去報仇還是做什麼，任何你想做的事情我都不會攔你。但在那之前，拜託你別再動什麼歪腦筋了，不然如果人類把你關在其他地方，最後只剩下我自己一個，那就算逃了出去，又有什麼樂趣呢？」

諾頓答應昂加布，在執行計畫的那天之前都會安安分分的待著，其實要遵守這項約定並不困難。諾頓非常慶幸自己每天早上睜開眼睛，除了生氣之外，還有其他事情可做。兩隻犀牛每天都在不停的談論他們的計畫，當沒有人看著的時候，他們就會跑去「嘎吱嘎吱」的啃咬著鐵絲網，盼望隔天人類就會過來大掃除，然後帶著盼望進入夢鄉。

不過這時又出現了一個問題。諾頓以前曾經中槍的那隻腳又開始抽痛，動物園的人一發現諾頓跛腳，就替他注射麻醉藥，以便送往醫務室。諾頓在打完麻醉藥、快要入睡之前，告訴一臉擔心的昂加布說：「這沒什麼大不了的，我很快就回來了。」

諾頓的腿是真的沒什麼大不了，他在夜裡挨了一針，並在第二天一大清早、霧氣都還沒散去之前，就回到了昂加布所在的籠子裡。

但他一回到犀牛區，以為自己又作了惡夢。那裡地上滿是血跡，而且還躺著一隻被砍斷犀角、早已斷氣的犀牛，不過這次躺在那裡的不是他的妻子，而是昂加布。

諾頓後來才聽說，有幾個盜獵者在前一晚混進動物園裡，將昂加布的犀角砍下帶走了，而他因為待在醫務室，才得以幸運的存活下來。

但諾頓卻不知道自己活下來，究竟算運氣好還是不好。

動物園為此受到不小的衝擊。諾頓又得再注射一次麻醉藥，因為園方決定要切除他的犀角。犀牛的角只要經過適當的切除，就會再次生長，所以，與其讓諾頓成為盜獵者的目標被殺害，倒不如先將他的犀角切下。

當諾頓再次睜開眼睛時，他的白色犀角已被切掉了一大半，而他的身邊，再也沒有昂加布陪伴了。

幾天後，鐵絲網前掛上著這樣的告示牌：「**為各位介紹地球上最後一隻白岩犀牛——諾頓！**」

被遺棄的蛋

當時，在天堂動物園的企鵝區，發生了一件奇怪的事——出現了一顆被遺棄的蛋。

企鵝特別重視養育小孩，父母都會輪流抱著蛋孵。但這裡卻發現一顆落單的蛋，可真是前所未見。

園方的管理人員一開始也不知該如何是好，但考量到企鵝父母說不定還會再回來抱蛋，便決定暫時將蛋留在原處。不過，他們所剩的時間也不多了，因為蛋的溫度一旦冷卻下來，就再也無法孵化。

企鵝群也同樣感到驚慌，他們嘰嘰喳喳的討論起那顆蛋。企鵝原本就是一種好奇心非常強的生物，對於第一次見到的東西很感興趣，也會跑去抱著沒有父母的蛋孵。不過這顆蛋有個不祥之處——企鵝熟悉的蛋一般都是純淨的白色，但這顆被遺棄的蛋上卻有一塊黑色的斑，所以根本沒有企鵝肯靠近那顆蛋。

正當大家都決定放棄那顆蛋的時候，奇庫和溫博突然挺身而出。沒有人知道他們為何下定決心，要去抱那顆被遺棄的蛋，不過據說每次動物園一有新企鵝到來，奇庫和溫博就會領著他們去認識企鵝區的環境。這次他們也像在迎接新家人似的，開心的走向那顆蛋；還有一說是他們從某個特別寒冷的夜晚，就開始抱著那顆蛋孵了。

總之，這兩位爸爸雖然也很擔心，但他們對那顆蛋的愛大過了擔憂。他們不停的對蛋說話，只要蛋稍微動了一下，就會立刻興奮的到處宣揚。早上是奇庫孵蛋，中午是溫博，晚上又輪到奇庫，他們偶爾還會孵蛋孵到忘了吃飯呢。

讓我們再多聊聊關於奇庫和溫博的事。他們都是在動物園裡出生的，從小就是好朋友，長大之後也總是形影不離。群裡的企鵝都知道他們的關係不太尋常。

有一次，奇庫在水裡玩沙丁魚骨時傷到右眼，吃了很長一段時間的苦頭。從那之後，他的右眼就看不清楚，走路時也常抓不到重心。也因為看不清楚右側，奇庫常會與其他企鵝或障礙物相撞，所以溫博

總是站在他的右邊，替他平衡重心、告訴他方向，以免再和其他企鵝撞在一起。幸虧如此，奇庫才得以適應一眼看不見的生活，雖然有些不便，卻也不至於太過困擾。不過之後溫博還是習慣待在奇庫的右側，這樣他才放心。

他們一起在動物園裡，在熟悉的事物包圍下安穩的生活，從來不曾擔心過任何事，就連奇庫的一隻眼睛看不見了，依然一副天下太平的樣子。對這樣的他們來說，這還是生平第一次出現讓他們感到陌生、感到害怕的東西——一顆被遺棄的蛋。奇庫和溫博在孵著那顆蛋時，開始出現了各式各樣的煩惱。

如果蛋無法成功孵化該怎麼辦？寶寶應該不會討厭動物園吧？他們都是第一次當爸，有辦法勝任嗎？如果寶寶肚子痛該怎麼辦？如果不知道他哪裡不舒服該怎麼辦？要什麼時候開始教他游泳才好？如果朋友欺負他，身為父親該出面教訓那些人嗎？希望他不會感到孤單寂寞才好。有辦法把他養育成一隻出色的企鵝嗎？不，還是當一隻平凡的企鵝就好……奇庫和溫博的擔憂接踵而至。

但是只要奇庫一開始擔心，溫博就會告訴他一些滿懷希望的話；若是溫博開始擔心，奇庫也一樣會說些充滿希望的話，所以他們倆才能安然度日。孵蛋的每一天對奇庫和溫博來說，都很可貴。

然而，他們孵蛋的日子沒有太久，某天，名為「戰爭」的東西突然從天而降。

天堂

那天動物園特別安靜，所有人類都不知去哪了，沒看見半個人影。諾頓認為這反而是件好事，因為他只要一看見那些人，就會感到火冒三丈。

動物園的人都稱諾頓為「最後僅存的白岩犀牛」，他們費盡心思，全心全力的照顧他。剛開始諾頓還不知道「最後僅存的白岩犀牛」是什麼意思，他整個心裡就只有失去昂加布的傷心，和被切去犀角的失落感而已。

然而，成為「最後僅存的一個」後，孤獨感總是伴隨在諾頓左右，並在不知不覺中將他吞噬。在諾頓吃著相思樹的樹葉時、沐浴時，甚至作惡夢的時候，他都是孑然一身。

諾頓對於人類和這個世界感到非常憤怒，甚至到了難以忍受的地步。每到這種時候，他都會試著用鼻孔噴氣、不斷踱步揚起塵土，但火氣還是無法消退，每一刻都只想著要如何報仇。他愈想愈生氣，心臟怦怦跳的聲音在耳邊迴盪，讓他無法入睡。在這個沒有昂加布在的鐵絲網裡，諾頓不知道自己還可以做些什麼。

太陽下山了，諾頓看著天空被染成一片紅色，地面上所有一切輪廓逐漸變得更加清晰。然而，他知道他再也看不見和自己相像的黑色形體了，不管是妻子、女兒還是昂加布，這些諾頓非常珍視的犀牛，全都已離他遠去。諾頓害怕獨處，害怕到甚至想要忘了所有的一切。

諾頓用短禿的犀角衝撞著眼前的鐵絲網，一陣陣的疼痛傳來，他認為只要這麼做，就能抹滅掉所有一切。他又再次使盡全力衝向前，為了將妻子、女兒、昂加布，還有那些讓他痛恨到想要殺掉的人類全部抹滅，不停的用犀角衝撞鐵絲網。然而，他仍無法抹去任何記憶，不管再怎麼努力、用盡各種辦法，諾頓依舊記得所有事情。

如果可以回到當初，回到從遠處看著犀牛群、有家人陪伴的那個時候……不，這說不定有點太貪心了。如果可以回到不久前，昂加布還在身邊的時候，不管要諾頓做什麼，他都願意。

這時，空中突然傳來震耳欲聾的巨響，下一刻，在諾頓眼前冒出了黑煙和火焰，嚇得他站在原處一動也不動。緊接又發出了更大聲的聲響，有東西掉落在諾頓的身邊——是鐵絲網的碎片，他和昂加布每晚啃咬的出入門鐵網倒下來了。

諾頓失神的盯著那個地方。之前他們不知道有多期盼能夠跨越那道鐵絲網，昂加布如果看到這副景象，會怎麼說呢？諾頓認為一定是有人在拿他的命運開玩笑，沒想到鐵絲網竟會在這一瞬間，莫名其妙的打開，甚至還是在苦心盼望要離開這裡的昂加布死後。

他環顧一下四周，眼睛被到處竄出的火焰和灰濛濛的煙霧，燻得火辣辣的。諾頓走向倒塌的鐵絲網，眼前出現的是他一次都未曾步出過的、鐵絲網之外的土地。他呆呆的站在那裡，突然回頭看了一眼。

「最後只剩下我自己一個，那就算逃了出去，又有什麼樂趣呢？」

他彷彿聽到了昂加布的聲音。

諾頓覺得這樣一走，感覺就像是拋下昂加布獨自離去，所以遲遲無法踏出那一步。他前前後後看了好一陣子，最後還是抬起腳，跨向鐵絲網的外頭。諾頓就這麼獨自走出犀牛區。

雖然不知道原因為何，但四處都籠罩著熊熊烈焰，還瀰漫著黑煙，讓諾頓難以看清前方，但他也不能就這麼坐以待斃。不知是牆還是什麼，一直燒個不停，還倒了下來。諾頓躲避著火焰和那些差點落在他頭頂的東西，無論如何都要想辦法繼續向前走。

這時，諾頓的腳突然被某個東西絆住，他看了看，被腳下的東西嚇得倒退一步。那是一隻被倒塌的牆壁活活壓死的獅子。諾頓喘了一口氣，繞過那隻獅子又繼續向前走。其實，他也不確定自己是不是正在往前走，但他不斷想起剛才腳邊的那隻獅子，於是加快了腳步，即使在途中看見死去的花豹和斑馬，也沒有停下來。看著原本還活著的生命和動物園一起倒下，化為一陣煙灰，諾頓只想盡快逃離這個可怕的地方。這時，某處傳來一個尖銳的聲音，讓他停下腳步。

「別度！」

諾頓站在原地不動，只轉了轉眼球，尋找聲音出處。有隻黑鳥正盯著諾頓，從他的前腳之間走出來。

「小西。」

那隻口齒不清的鳥再次提醒諾頓。他的嘴裡銜著一個被壓扁的小桶子，裡面裝了一顆白底黑斑的小蛋。鳥兒小心的放下水桶，瞪著諾

頓說：「要是我的蛋出現一點傷痕，我就把你那雙愚蠢的眼珠啄掉。」

黑鳥的眼中真的帶有殺氣，諾頓覺得遇到了一隻脾氣和自己一樣壞的鳥。不過無論如何，他還是很高興能見到活著的動物。諾頓和那隻鳥、那顆蛋有著相同的目標——必須離開那裡。這時，天色不知不覺亮了。

諾頓走在前方，用被切掉的短犀角清開障礙物，鳥兒嘴裡銜著水桶，緊緊的跟在後頭。諾頓認為只要朝著同一個方向走，就能看見這個火坑的盡頭。他想的確實沒錯。他們在一直往前走的途中，發現火勢逐漸轉弱，沒有倒下的鐵絲網也變得愈來愈多。

諾頓偶爾會和緊緊巴在鐵絲網上的其他動物對到眼，猴子、鸚鵡和許多他不認識的動物，他們都用深邃透亮的眼神，看著諾頓和那隻銜著水桶行走的鳥，沒有大呼小叫的要諾頓去救他們，而諾頓也沒有時間能將他們救出。在那些鐵絲網內的動物和諾頓之間，有種難以說明的情感，諾頓不清楚那是什麼，也拿那股情感沒輒，只好繼續努力向前邁進。

不久後，一道巨大的牆出現了，那是動物園的盡頭。諾頓看了看四周，發現牆上有一道裂縫，他往後退了一步，接著用短角瞄準那道裂縫，使盡全力向前衝過去。牆一下子就倒塌了，一條平坦的黑色道路出現在他們眼前。這是一條嶄新的路。

諾頓根本沒時間喘氣。從這裡一樣能看見遠方的煙霧和火焰，這麼看來，附近一帶也還是非常危險。諾頓走到動物園牆外，鳥兒也默默的跟在他的後方。

鳥兒生怕水桶裡的蛋會破掉，走路非常小心謹慎，所以即使他們已經走了一整天，還是離動物園沒有多遠，這讓諾頓感到非常鬱悶。雖然他也曾動過要丟下鳥兒和蛋，獨自離開的念頭，但其實他也已經累得沒辦法再繼續走下去了。

「我說鳥啊，我們先在那裡的草地上休息一下再走如何？」

鳥兒暫時放下嘴裡的水桶，沒好氣的說：「我不是鳥，我是企鵝。」

「我看見你的翅膀和蛋，還以為你是一隻鳥呢。我是諾頓。」

「我叫奇庫。」

諾頓和奇庫在黑色道路旁的茂密草叢間找到了棲身之地，奇庫一到那裡，就立刻從桶子裡拿出那顆蛋，並用全身抱住。這裡什麼聲音都沒有，只能偶爾聽到草叢裡傳來的蟲鳴聲。月亮緩緩從朦朧的暮色中探出頭來，周圍變得一片漆黑，因此在他們稍早才離開的動物園，那裡的火光看起來也格外明亮。

諾頓和奇庫縮著身子趴在地上，靜靜的看著遠處閃爍的火光和灰煙。奇庫打破沉默說：「這顆蛋要是在我們逃出動物園的途中，出了什麼差錯怎麼辦？」

諾頓不知道該怎麼回答這個問題，他對蛋可是一無所知。

「該不會因為溫度冷卻下來，就無法孵化了吧？」

雖然奇庫又再次發問，但諾頓還是不知該說什麼。

「你也說句話吧！溫博在這種時候就會知道該怎麼做……」

面對奇庫不停的問話，諾頓心想自己應該要做出一些回應。

「抱歉，我對孵蛋一無所知。正如你所見的，我是一隻犀牛。」說到這裡，他突然閉上了嘴，想起了被切短的犀角。任誰看來，應該都不會覺得自己像一隻犀牛吧。

「雖然我沒有角了，但我還是犀牛。人類把我的角切掉了。之前和我一起住的朋友昂加布被盜獵者殺害，所以聽說現在再也找不到和我一樣的犀牛了，據說我是僅存的最後一隻。很好笑吧？仔細想想我……」語無倫次的諾頓哽咽得說不出話來，他也不知道自己為什麼會說出這些話。

「我啊……所以說我……」

奇庫留心看著諾頓想要將卡在喉頭上的情緒吞下去的樣子，便接替他繼續說了下去：「原本應該在這裡的不是我，而是溫博。昨天晚上原本該換我孵蛋，而溫博睡在我的左邊，不過他說要和我換位子。他總是得待在我的右側才肯放心，因為我的右眼受傷了。所以溫博說要和我換位子，就替我孵蛋了，昨晚我們也就只有這點和平時不一樣而已。接著突然傳來一聲巨響，這真的就只發生在一轉眼間而已，我往右邊一看，就看見溫博，溫博他……渾身是血，溫博……被一根巨大的鐵條壓住。他用全身抱住了蛋，所以蛋才能平安無事。我從他的懷裡取出蛋之後，就從那裡逃跑了，當時溫博都還沒死呢。我們甚至無法好好道別，只有互看一眼而已。這就是我全部的故事了。」

那天晚上，諾頓和奇庫都難以入眠。

諾頓說過，每當他擔心會作惡夢而無法入睡，就會覺得夜晚特別漫長。那晚之後，便開始了屬於他們倆的漫漫長夜。

第一個記憶

這條黑色的路不管再怎麼走，還是看不見盡頭。諾頓和奇庫既吃不好又睡不好，他們倆都累壞了。後來，不知從何時開始，黑色的路結束，接著一條泥巴路出現了。又是另一條新的路。

諾頓和奇庫為了求生，必須繼續往前走。他們要走去找吃的東西、找睡覺的地方，最重要的是，為了要擺脫那駭人的回憶，所以得繼續走下去才行。

有時候他們的運氣好，碰到有許多草木的地方，就會在那裡度過好幾個晚上。但食物往往很快就吃完了，這時諾頓和奇庫只好再拖著沉重的身軀上路，繼續不斷的向前走，直到出現一個可以讓他們安心休息的地方為止。雖然他們根本就不知道，世界上是否真的存在著那種地方，但至少有個伴可以邊走邊聊，讓這漫無目的的路程，變得稍微可以忍受。

奇庫心中真的有很多不滿，他就連一天也不會停止抱怨，但諾頓卻很喜歡這隻壞脾氣的企鵝。奇庫在說完每句話的結尾，都會稱諾頓為「沙丁魚眼屎般大小的犀牛」，沒見過沙丁魚的諾頓，從沒想過竟然會有魚的眼屎能跟犀牛一樣大，露出一臉無法想像那種魚究竟會有多大的表情。而諾頓會稱奇庫為「大象鼻屎般大小的企鵝」，奇庫這輩子從來都沒見過大象，所以氣得不停跳腳。諾頓覺得奇庫生氣的樣子很有趣，每天聽著奇庫嘀嘀咕咕念個不停，對他來說，似乎就是最平凡的日常生活。

奇庫不停說著他和溫博過去的故事、孵蛋的故事、其他企鵝的故事，還有他在動物園裡聽聞的、其他動物和人類的故事。時間就在聽著奇庫說這些故事的時候，轉眼即逝。

奇庫是可以讓諾頓不再作惡夢的最佳夥伴。就像昂加布說的，只要和奇庫聊著天入睡，他就能睡得很沉，而且還不會作惡夢。那天諾頓正在賴床，奇庫還得用嘴啄諾頓的屁股，他才肯睜開雙眼。

「你這隻沙丁魚眼屎般大小的犀牛，還不快起床！現在都什麼時候了，你還睡成這樣？我們得快點上路去找食物，這裡已經沒有東西吃了。我們就當是為了那顆蛋，也得好好吃飯才行啊。喂，快點起床啦！」

不知從什麼時候開始，奇庫很喜歡用「我們」這個詞。雖然諾頓對於那顆蛋並沒有太大的興趣，但只要聽到被稱為「我們」，他就感到莫名開心。

諾頓、奇庫和蛋就這樣，一起走著走著，一路上看過許多奇景。他們見到全是沙子的山坡，也穿過長滿荊棘、藤蔓交纏的道路；看見稀稀落落、樹幹比諾頓身體還粗的樹林，也見到了爬滿黑色小螞蟻的狹窄洞口，甚至還發現了閃爍著星光的髒水坑呢！有時走一走累了，他們也會和翅膀上還停著水珠的蜻蜓，一起停下來休息片刻。

諾頓現在只要一聽到奇庫的說話聲，就知道他是不是餓了；一聽到奇庫的腳步聲，就知道他是想要加快速度還是稍做休息。所以或許被稱為「我們」，也不完全沒有道理。

奇庫就像昂加布一樣，對動物園外的世界一無所知。要為蛋在水桶裡鋪上乾草，也是諾頓提出的想法——諾頓對於動物園外的世界，懂得比奇庫還要多很多。

在這趟旅途中，有很多時候即使他們倆肚子餓了，還是沒有食物可吃，每到這種時候，諾頓就會替奇庫找些可以吃的東西。雖然奇庫一開始連碰都不想碰，但因為他的肚子實在太餓了，不得不開始吃起諾頓找來的草或果實，之後甚至還知道了該如何區分軟草和硬草、沒熟和熟透的果子。起初，好奇心重的奇庫常會用他的嘴，去試著碰所有眼前見到的草和果子，所以諾頓只好一個個教他哪些有毒，不可以隨便觸碰。

與奇庫一起結伴同行的日子，讓諾頓想起了那段和家人共度的時光。他常常想起自己的妻子和女兒，那些回憶帶給他許多痛苦，又給了他許多幸福。甚至就連跟奇庫在沙漠途中遇到蠍子時，也會讓他回想起家人。

那時，奇庫放下桶子，停下腳步，大聲呼喚走在前面的諾頓。

「喂！沙丁魚眼屎般大小的犀牛！你過來看我發現了什麼東西！這裡有我喜歡的蝦子耶！」

諾頓聽到奇庫這麼說，轉頭一看，接著就驚叫出聲。雖然不知道蝦子是什麼，但他很確定那個東西絕對不是蝦子——那是一隻蠍子。

「停！等等！住手，奇庫！那個有毒！」

但蠍子早已將奇庫視為敵人，將尾巴的毒針高高倒立豎起。奇庫慌忙的銜起水桶，想要遠離那隻蠍子，但企鵝在沙地上根本贏不了蠍子，他自己也很清楚這一點。

奇庫一搖一擺的跑到一半，突然在周圍「噗！」的拉了一圈大便，讓原本還在威嚇奇庫的蠍子開始向後退縮。雖然蠍子嘗試著要再次接近奇庫，但發現根本就無法靠近他的糞便一步，最後只好放棄，轉頭離去。諾頓看見這一切，驚訝的問奇庫說：「哇，剛才那個是什麼？竟然可以擊退蠍子耶，這真是太厲害了。我上次見到蠍子，是和我女兒在一起，那時我們還急忙的用盡全力逃跑呢！」

諾頓大笑著，他這隻大塊頭犀牛竟然會害怕小小的蠍子，還怕得落荒而逃！但話說到一半，他就停止了笑容，癱坐在地上。

奇庫來到諾頓身旁坐下，但沒有看著諾頓，而是將蛋從水桶裡取出來，抱在懷裡問他：「你以前有女兒啊？」

「嗯，她那時候也像你一樣，想要衝上去獵捕蠍子呢。」諾頓苦笑著回答。

「後來她發生了什麼事？」

「人類……」

「原來是這樣。」

「嗯。」

奇庫拿起懷中的蛋，貼著諾頓的腿，問他：「很溫暖吧？」

「嗯。」

「當爸爸很不容易吧？」

「很容易也很不容易。」

「我馬上就要當爸爸了，幸好有你在我身旁。」

諾頓什麼話都沒說，他認為自己對於奇庫當爸的這件事，根本就幫不上忙，但是他說不出口。他能做出最好的選擇，就是抖掉身上的沙粒，站起來繼續向前邁進。

一直都是如此，諾頓只要一想起過往的回憶，就會不停的往前走，這也是他現在唯一能做的事。

起初，諾頓和奇庫也只是漫無目的、一味的向前走，但他們很快就找到了目的地——大海。

奇庫說他們應該要去尋找大海。諾頓不知道什麼是大海，但根據奇庫的說法，大海是個碧水一望無際的地方，那裡非常涼快，還有超級多沙丁魚，最棒的就是，可以不費吹灰之力就前往遠處旅行。

奇庫說如果到了海邊，他就要踏上旅程去尋找其他企鵝。

諾頓開始對大海產生了好奇心，「我還是無法想像大海到底是個什麼樣的地方。」

「那個大海啊，看起來和頭上的天空差不多，裡面要什麼就有什麼，不管是吃的、朋友或是美景，通通應有盡有！真希望地平線快點變成藍色，這樣就代表我們離大海不遠了。在大海裡，我一定跑得比你快多了。」

「在大海裡，你也能跑得比風快嗎？」

「那當然！」

「那麼海裡也有風囉？水坑和湖裡都沒有風……這代表大海這個地方的水也不同囉？」

奇庫聽到這個問題，好像有點驚慌，好一陣子都沒有回答。接著他看了諾頓一眼，又避開他的視線，硬著頭皮回答：「其實我也沒去過海邊。我和溫博都在動物園裡出生，那些都是我從新來的企鵝那裡聽說的。」

諾頓想起一輩子都住在動物園裡、想要跑得比風還快的昂加布，胸口一陣刺痛。

「別擔心，朋友。我們會找到大海的。」諾頓的話讓奇庫馬上又找回自信。

「當然能找到。你別看我這樣，我可是能聞得到大海的味道呢，那和沙丁魚的氣味差不多。你有看見那個山坡吧？如果一直往那個方向走去，一定就能看見大海了，我可以感覺得到。」

但諾頓其實連一刻都不曾忘記過報仇，只是他無法丟下想要尋找大海的奇庫和那顆蛋不管。要是奇庫碰上花豹或鬣狗，光靠企鵝屎是絕對不足以嚇跑那些兇猛動物的。而且就算晚一點報仇，應該也不會有什麼大問題。

更重要的是，諾頓很喜歡這段和奇庫共度的時光，也喜歡可以擁有一些必須和他共同去做的事，彷彿只有在看過奇庫見到大海後踏上旅程的背影，他才有辦法一身輕鬆自在的走上自己的路。於是，一隻短角的犀牛和一隻嘴裡銜著水桶的企鵝，就這麼繼續結伴同行。

但光是「結伴」並不能解決所有問題，這世上還有很多事情，是諾頓無可奈何的。

奇庫是隻從未曾離開過動物園的企鵝，對他來說，外面的世界實在是太過嚴酷了。隨著時間流逝，他們走得愈遠，奇庫的身形也就跟著日漸消瘦。

他們在大白天裡找不到能夠躲避陽光的地方，到了晚上，奇庫又必須用全身為抱在懷裡的蛋抵擋寒風。無法準時進食、沒有水可以浸泡乾燥的身軀，這些對奇庫來說都十分難熬，再加上他又長時間的銜著水桶，就連嘴邊也被磨出了不少傷口。

儘管如此，奇庫依舊將蛋照顧得無微不至，即使諾頓要他多休息一點，他還是固執的堅持要繼續向前邁進。「深信大海馬上就會出現」，這個信念讓奇庫即使處在最糟的情況，也有動力繼續走下去。就算他現在已經筋疲力盡，走起路來搖搖晃晃的，嘴上還是不停的強調：「地平線馬上就要變成藍色了。」然而，無情的天空並沒有在他們行走的途中，為他們降下半滴濕潤的雨水。

那一晚也是個漫漫長夜。諾頓和奇庫睜著眼睛熬夜，奇庫正在凝視著遠方深思，他對諾頓開口說：「答應我，要是我出了什麼事，你要幫我照顧這顆蛋。」

「你說這什麼話？我是犀牛，我對企鵝蛋不僅一無所知，甚至連蛋都抱不了。如果你有時間說這些話，倒不如再加把勁吧。」

「我現在就只能託付你了。」

諾頓討厭這種話題，所以隨意敷衍的說：「知道了。」

「如果我出了什麼事，你一定要幫我照顧這顆蛋，讓小企鵝能夠平安出生。」

「知道了，我知道了。」

「還要答應我，會把他送到海邊。」

「我說知道了。你不要再提這些了。」

他們倆之間充斥著一股久違的尷尬沉默。

諾頓想起他和奇庫在黑色馬路上度過的第一個夜晚，接著就慢慢睡著了。

第二天，他們倆依舊很努力的往前走。諾頓對前一晚的對話有點在意，所以原本想和奇庫聊個幾句，但奇庫卻一心銜著水桶往前走，似乎只在意走路時不能搖晃到水桶。奇庫走得比前一天更慢，看起來也更累了，但他仍全神貫注的一步一步向前移動。諾頓則配合奇庫，緩慢的行走著。

那天晚上，諾頓和奇庫來到一片看來鬆軟的草叢，他們運氣很好，草上還垂掛著露水，看起來非常適合讓奇庫在那裡休息。坐下之後，諾頓為了昨晚的尷尬氣氛向奇庫道歉，並表示希望奇庫能繼續像以前一樣叫他「沙丁魚眼屎般大小的犀牛」。

「喂，大象鼻屎般大小的企鵝。」

奇庫沒有回答。諾頓偷偷觀察了一下，發現他早已抱著蛋熟睡。這也是當然的，奇庫都已經筋疲力盡了，卻還是用盡全力銜著水桶走到了這裡。

諾頓放下心來，感覺今晚似乎不會太過漫長，不久他也跟著陷入了久違的沉睡。

第二天的早晨和平時有些不太一樣，這天是諾頓先睜開了眼睛，而奇庫還在睡夢中。諾頓心想這隻企鵝可能是真的累壞了，所以原本想要讓他再多睡一會，卻又想要讓他見見今天是自己先起床的，於是用鼻子碰了碰奇庫。

奇庫的身子輕輕的倒向旁邊，鳥嘴就這麼插進土裡，一動也不動。諾頓急忙用鼻子再碰了碰奇庫的身體，卻感覺不到他的氣息。諾頓往後退了一步，癱坐在地。

奇庫死了。

諾頓腦子裡一片空白，動彈不得。

諾頓呆望著倒在地上的奇庫，不知道這一切是從哪裡開始出了差錯，突然腳上傳來一股溫暖，將他帶回現實。諾頓低頭一看，發現是那顆奇庫抱在懷裡的蛋。他想起和奇庫之間的約定，像是終於察覺自己已經好一陣子都忘了呼吸一般，大大的吸了一口氣。

奇庫甚至連悲傷的時間都不留給他。諾頓想起奇庫總是費盡心思，不讓蛋的溫度冷卻，於是他找到一塊有陽光照射的暖和草地，並將蛋滾到上頭，接著將前腳併攏，抱住那顆蛋。諾頓擔心蛋被自己這麼抱著，是否還能安然無恙，不過現在也沒有其他辦法了。他現在只顧擔心蛋夠不夠溫暖、會不會被他弄破，其他什麼事都做不了。

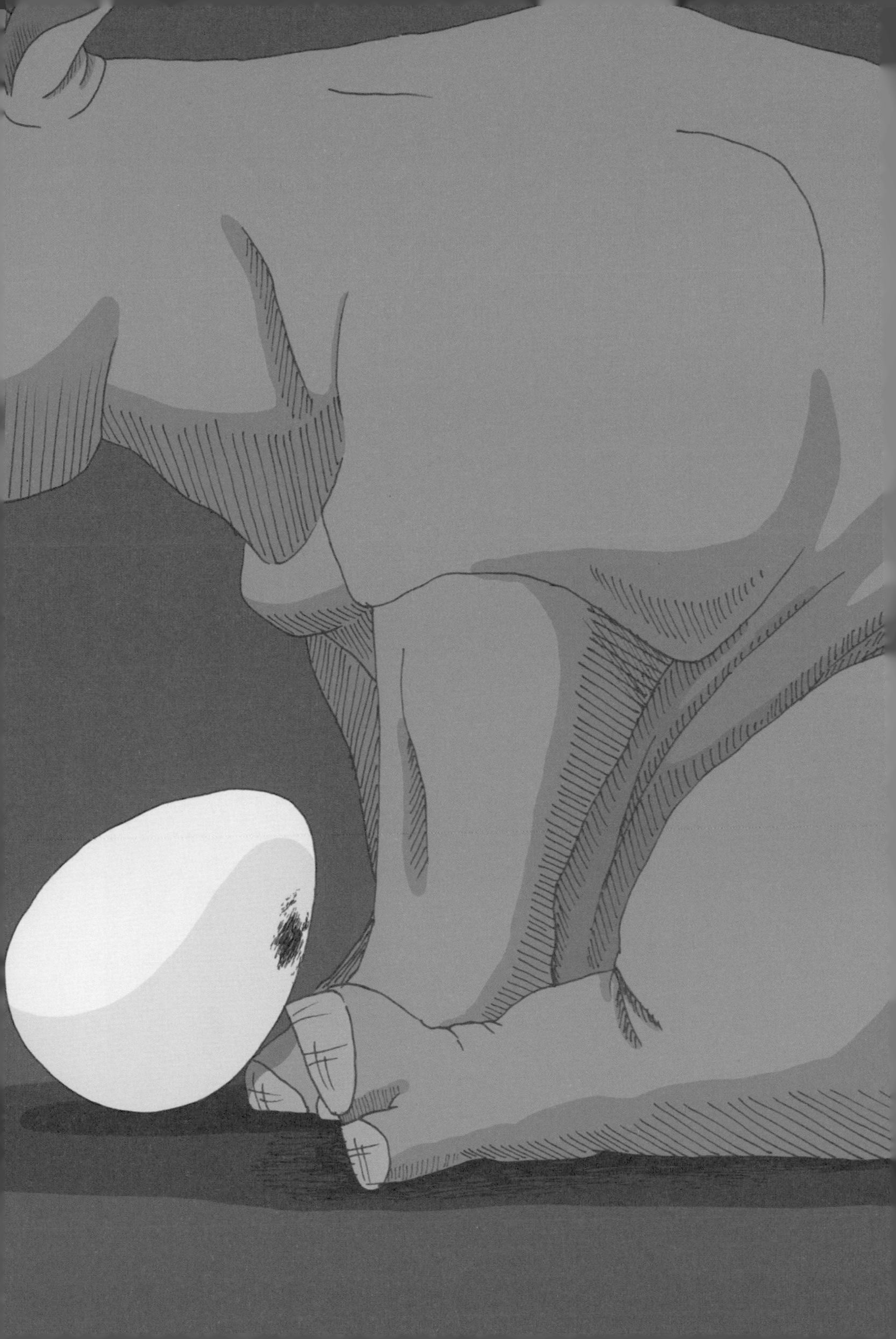

一轉眼天就黑了，諾頓抬頭仰望夜空，看見了閃爍的星星和淡淡的雲彩。他感到非常寂寞，所以一直持續望向天空。看來今晚會是一個漫漫長夜。

諾頓顧著看天上的星星，完全沒有注意到蛋動了一下。蛋殼上開始出現一絲絲裂縫，接著有個小小鳥嘴將蛋殼啄破，探出頭來。

我就這麼誕生了。

芒果色的天空

因此，我的第一個記憶，就是一片黑漆漆的夜空和閃閃發亮的星星，還有一隻短角犀牛那雙如同星光般閃爍的眼睛。

我一出生就向諾頓學習該如何生存。諾頓非常嚴格，他告訴我在蛋殼外的世界，死比生還更容易，還告訴我生存雖然是件難事，但為了奇庫和溫博，我必須得生存到最後。

「我知道你的心情，我也是那麼活過來的，我一直都是被留下來的那一方。要不是我那麼愚蠢，或許當初就能救出我那勇敢守護家人的妻子了；要不是我跛了腳，或許就能救出心地善良的昂加布了；要是我再早一點察覺，或許開朗的奇庫就不會死了。這些想法總是不停的折磨著我，讓我寧願活下來的不是自己。」

諾頓像在確認自己還活著似的閉上眼睛，長長的嘆了一口氣後，才繼續說下去。

「但是我沒有辦法放棄，都是多虧了他們，我才能生存下來，所以我必須連他們的份也一起活下去。我必須盡自己所有的力量、拼死拼活的生存下去。」

而我就像諾頓說的一樣，盡我所有的力量、拼死拼活生存了下來。雖然我一開始在吃諾頓找回來的草和果實時，每次都會拉肚子，但只要我有力氣，就會一直吃下去。為了不讓我的羽毛乾燥，每次只要一發現水坑，我就會和諾頓一起進去泡澡。我怕自己在睡覺時會受到攻擊，所以一直都是躲在諾頓的懷裡入睡。

就像諾頓說的那樣，生存並不是件容易的事情。他雖然很了解小象或小犀牛，但對小企鵝卻是一無所知。諾頓對於企鵝的了解，全都是從奇庫那裡聽說的。

但諾頓卻給了我「一個存在能為另一個存在做的」所有一切。在我生病或害怕到無法入睡的夜晚，他會跟我說以前的故事，他說這是可以不作惡夢的方法。我聽著諾頓的家人與大象、昂加布、奇庫與溫博的故事，熬過了那些夜晚。而在我入睡之後，諾頓就會將我抱在懷裡，給我溫暖。

比起相思樹多的地方，諾頓會選擇前往有柔軟草地和很多成熟果實的地方，並一一教導我哪些花草和果實有毒，不能觸碰。他還告訴我，遇到危險的昆蟲或動物時，可以用拉屎這個方法逃跑。於是我活了下來。

但與其說我是為了素未謀面的奇庫和溫博，想要連他們的份一起活下去，倒不如說是因為我很想要活，才拼命的活了下來。在我真的理解諾頓指的「連他們的份一起活下去」是什麼意思時，已經是很久之後的事了。

諾頓是我唯一的家人和朋友，我們就連一刻也不曾離開過彼此。我看過的景色，諾頓也一起看過；只要是有我在的場景，一定就能見到諾頓的身影。我喜歡待在體型龐大的諾頓旁邊，只要在他身邊，我就能感到心安。

我們每天的作息大多都是吃、睡和走路，雖然我常常覺得一天很漫長，但諾頓卻說一天還是太短暫了。

諾頓又在惋惜今天走的不夠遠，他說我們必須盡快找到大海才行。我們兩個根本都沒見過大海，也不知該從何找起，但我們還是要為了找到大海不停奔波。

諾頓的個性有點沉默寡言，但我卻非常多話，對許多事物也充滿著好奇心。每當我問東問西的時候，諾頓就會說我很像奇庫。「像奇庫」這句話讓我感到莫名自豪，所以我又繼續發問，而諾頓總是知道我所有問題的答案。

在我們的一天中，我最喜歡的就是睡前的時間，因為諾頓雖然話不多，但他睡前一定都會講故事給我聽。

「過來吧，我抱你。」

聽到諾頓低聲呼喚，我都會立刻跑到他的懷裡坐好。諾頓講的主要都是關於奇庫和溫博的故事，而且總是會在故事的結尾加上一句「你一定要去海邊」。

我想像著我們抵達海邊的樣子，盡情的在腦海裡描繪著大海究竟會有多大、那裡會有多麼涼爽，其他和我相像的企鵝，又會在那裡做些什麼或玩些什麼。

某天，我突然有點好奇諾頓到了海邊之後想要做些什麼，便在他說完我一定要去海邊之後，偷偷問了一句：「那我們到了海邊之後，要做什麼呢？」

「接下來就要找到其他企鵝，和他們一起去旅行囉。聽說在海裡也能跑得比風快，所以很快就能抵達遠方。」

「你現在不也能跑得比風快嗎？」

「很難說，那都是過去的事情了。我的腿現在會痛，不知道還能不能跑得比風快。」

諾頓仔細思考了一下，繼續回答：「到海邊之後，我就不能和你一起走了，你得自己出發去遠方才行。」

「別擔心，我自己去也沒問題。」

當時，我根本就不知道什麼是離別，自顧自的沉浸在抵達海邊的幻想中，為此感到興奮不已，所以才會這麼得意忘形又自信滿滿的回答諾頓。

諾頓看到我這個樣子，由衷的表示欣慰：「奇庫和溫博一定會以你為榮的。」

「那你要去找其他的白岩犀牛嗎？」

「不，聽說現在已經沒有其他白岩犀牛了，我是最後僅存的一隻。」

「那你要做什麼？」

幸好我問了這個不懂事的問題，才能聽到諾頓打算復仇的想法。他說他將我帶到海邊後，就要去找人類居住的地方，將他們的卡車撞爛、破壞掉他們的槍枝，還要將那些人類撞飛。他說人類是他所有不幸的開端，所以他要向他們報仇，並以這個目標度過餘生。

但諾頓的復仇在我耳裡聽起來，只是件再荒謬不過的事。

「可是諾頓，你想想看。原本應該有很多和你一樣的犀牛，但除了你之外，他們全都死了，這不就代表人類的力量超級強大嗎？你要怎麼贏過那些人類啊？」

諾頓沒有回答。他生氣的撐大鼻孔，用原本抱著我的前腳站了起來，發出砰砰的聲響，不停來回走動。我感到非常委屈，我只是實話實說而已，又沒有說錯。

「你那區區的復仇，根本什麼都算不上！」

「你說什麼？」

「就算你去報仇了，又會有什麼不同？我覺得這根本就是件愚蠢的事，如果你真的跑去報仇，會因此失去性命的。」

「有些事比失去性命還更加可怕。現在當我的犀角發癢時，已經找不到同類可以和我分享那種感覺了。你每天早上一睜開眼睛就能開始期待，期待今天能不能找到大海？會不會見到其他企鵝？但我每天早上都是不抱任何期待睜開眼睛的。」

我不知道該說什麼才好，我一直以為諾頓是想和我一起去海邊，是喜歡和我待在一起的，完全無法想像，原來他心中懷抱的就只有絕望。我們就這樣背靠背的坐著，許久都一語不發，開始度過這漫長的一夜。

突然間，諾頓沒來由的大笑出聲，打破了沉默。

「你讓我想起了第一次和奇庫相遇的情景。」他好不容易才說出了這句說明，卻一直忍不住笑意，後來又笑了好一陣子，才有辦法完全停止大笑，繼續說下去。

「當時我滿腦子也只想著要報仇，卻莫名其妙的被一隻企鵝纏上。他對我根本就連大象眼屎那麼一丁點的興趣都沒有，我們就這麼沉默的走了好一陣子，結果，他突然開始說起自己的事。他真的很任性，從來不曾問過我的想法，就自顧自的叫我非得跟他一起去尋找大海不可。」

諾頓停了一下，看向遠方，深深吸了一口氣，又接著說。

「仔細想想，我原本是一隻不幸的犀牛，或許就是因為有一隻任性的企鵝，一直陪在我身邊，我才有辦法勉強忘記不幸吧。剛才真是對不起，來，過來吧，我抱你。你覺得我們明天要往哪裡走，才會出現大海呢？用你身為企鵝的直覺說說看。」

「嗯，那我們明天走那個方向看看吧！」

我們一路上又哭又笑的，度過了好幾個夜晚，不知從何時開始，我身上的褐色絨毛開始脫落，長出了密密麻麻、充滿光澤的羽毛。諾頓說我已經變成了一隻氣宇軒昂的企鵝，讓他十分自豪，還說現在就只剩下要前往大海的這件事了。

某天，我看見在陽光照射之下，遠處閃爍著藍色的光芒，於是停下了腳步。當我一知道我們到了海邊，便開心的抖著身體呼喚諾頓。

「諾頓！你看那裡！那不是海嗎？哇！是大海！我們來到海邊了！」

「嗯……嗯……我看看……嗯……」

諾頓瞇著眼睛，仔細的注視遠方閃爍的藍色。

「不，那不是大海。根據奇庫的說法，大海會大到整條地平線看起來都是藍色的。不過你看那裡，並不是整條地平線都是藍色。真正的大海比那個要大上許多，那只是……只是一座大湖。」

雖然不是大海，但我們仍為了眼前所見的全新景象而興奮不已。當我們愈接近，那座湖就變得愈大，對我來說根本就和大海沒有兩樣。

「我覺得這好像就是大海沒錯……」我在生平第一次見到的大水坑前，歪著頭說。

「你會游泳嗎？」諾頓突然沒頭沒腦的問了一句。

「雖然我還沒試過……」

「奇庫說了，所有的企鵝都會游泳，所以才可以在海裡跑得比風快。」

「如果企鵝都會游泳，那我也能辦到。」

「能在抵達海邊之前先來到大湖真是太好了，我們就在這裡練習游泳吧。」

但是游泳和湖泊這兩件事，都和我想的實在是太不一樣了。湖泊和我之前跟諾頓，一起享受泡澡樂趣的水坑完全不同，我試著將腳稍微泡進水裡，原本在那裡的雲朵就往四邊散開。湖水深不見底，讓我好害怕，但我不想表現出軟弱的樣子，讓諾頓擔心。

「仔細想想，我應該不需要練習吧。我可是一隻企鵝，等我們到了海邊之後，我自然就會游泳了。我們還是別在這裡逗留，趕快去尋找大海吧！」

但諾頓似乎看透了我的想法，說要先在這裡泡個澡再走，就噗通一聲，直接鑽到湖中。

我在湖邊踱步，盯著諾頓看，終於說出實話：「其實我好像辦不到。」

「別胡說了，你是一隻企鵝，怎麼可能辦不到？如果你真的那麼害怕，就抓著我的犀角，先從下水開始嘗試吧。」

諾頓慢慢的劃開水面，來到我所站立的湖邊。我坐上了諾頓的臉，緊緊抓住他的犀角。他的犀角長的比以前更大了。

「你的角變長又變尖了耶。」

「它原本更大更尖，但自從我的朋友昂加布死後，人類就把我的角切掉了。雖然現在沒有以前那麼大，但也長大了不少呢。」

「是那個想要跑得比風快的昂加布嗎？」

「對，就是那個昂加布。」

在提到昂加布的同時，諾頓突然潛入水裡，而且還沒有半點預告！我嚇了一跳，將他的犀角抓得更緊。但要在水裡憋氣，好像不如想像中那樣困難，我其實還可以再多撐一會兒的，諾頓卻因憋不住氣而將臉伸出水面，這甚至讓我覺得有點可惜。

諾頓調整好呼吸之後問我：「怎麼樣？」

「還不賴耶！我們再試一次看看！這次要久一點！」

「好啊，好啊，我們就再試一次吧。」

我們又再次下水，諾頓向前緩緩移動，水流掠過我的臉頰。漸漸的，前方開始變得清晰起來，我開始蠢蠢欲動，想要感受更快速的水流。但這次諾頓又憋不住氣，發出「噗哈！」的一聲，將頭伸出水面。

「你再多忍耐一會試試嘛！」我催著諾頓。

「抱歉，但那已經是我的極限了。」他不好意思的回答，接著小聲的說了一句：「我是犀牛，不是企鵝。」

我覺得好可惜，因為我和諾頓是不同的物種，而且我沒辦法告訴他我在水中的感受。

「不過你是我的唯一。」

「你也是。」原本垂著眼的諾頓答道。

我當時還不知道，諾頓的回答簡直可以說是奇蹟，也不知道對於從頭到腳完全不同的我們來說，可以成為彼此的唯一，這件事情有多麼了不起。

現在回想起來，其實這所有一切都是奇蹟。從溫博和奇庫開始抱著被遺棄的蛋孵開始，溫博在戰爭中用全身保護著那顆蛋、奇庫遇見了諾頓並一起逃離動物園、奇庫堅持孵蛋直到生命的最後一刻，還有在那最後一刻能擁有諾頓的陪伴……除了奇蹟之外，我想不到還可以用什麼字眼來描述這一切。當時我所面臨的「游泳」在所有事件中，大概是最不需要奇蹟的了！我從沒聽過企鵝游泳還需要什麼奇蹟。

我鐵著心，一臉悲壯的告訴諾頓：「我想要自己試試看，我覺得我好像可以辦得到。」

諾頓瞪大了雙眼問我：「真的沒問題嗎？」

「你要一直在水面上看著我喔。」

「那當然。」

我抓住諾頓的犀角，做了三次深呼吸，仔細的看了看我面前這片湖底下的世界。接著下定決心，舉起翅膀，滑進水中。

我一開始先在湖邊慢慢游動，這是我第一次這麼輕快的活動身體，感覺就像是再次破蛋而出。劃開水流時的那種喜悅，是我到目前為止未曾體驗過的心情，我覺得自己在水中什麼都能辦到。

我不再害怕，於是開始游向湖心。我感受到諾頓站在遠處，擔心望著我的視線，但我還想要再游一會。我看見湖底的石子和水草，還有一些未知的東西，順著水流經過我的身邊。我沉浸在眼前這片全新的景象中，完全忘記了時間。

但我的翅膀開始逐漸失去力氣，只好依依不捨的游向諾頓所在的陰影處。當我一將頭探出水面，諾頓就開心的過來迎接我。

「太厲害了！我的天啊！奇庫必須得看見這一幕才行！你辦到了！是你獨自辦到的！」

諾頓鼻子一邊噴氣，一邊興奮的說著。他的鼻涕都噴到我的臉上了，讓我覺得有點癢。

「那個叫什麼顏色？」

「那麼漂亮的天空色，怎麼可能會有名字？」

「嗯，我覺得那個顏色好像熟透的芒果喔。你還記得嗎？就是我們上次吃過的那種芒果。」

「我當然記得囉，當時還真走運，竟然能找到熟得恰到好處的芒果。聽你這麼一說，那顏色看起來真的和熟透的芒果很像呢。」

久違的悠閒和滿足，讓我的好奇心大增。

「你覺得其他企鵝會喜歡我嗎？」

「當然會。」

「諾頓，我是誰啊？」

「你就是你呀。」

「不是，我的意思是當我去到海邊、去旅行、見到其他企鵝之後，在他們之中，我是誰呢？無論這世上有再多犀牛，諾頓就是諾頓。我也想要擁有一個名字，不然要是以後你跑來找我，想在那麼多企鵝當中找到我，應該不太容易。但如果你呼喚我的名字，這樣我就能回答你了，所以我也想要一個名字。」

「相信我，擁有名字並不會帶來任何好處，我沒有名字的時候，反而還活得更幸福。再加上你可是由犀牛養大的企鵝耶，我怎麼可能會找不到你呢？就算沒有名字，我光從你的氣味、講話的語調和走路的步伐來看，就能夠認出你了，你根本不必擔心。」

「你真的能從我的氣味、講話的語調和走路的步伐來認出我嗎？」

「當然可以。」

「那其他企鵝也能像你一樣認出我嗎？」

「不管是誰，只要他喜歡你，就能認出你來。也許一開始是抱著好奇心觀察你，但等到他漸漸喜歡上你之後，就會開始留意你了。他會知道你在附近時會散發出什麼氣味，也會豎耳傾聽你在走路時會發出什麼聲音。這些就是你。」

現在回想起來，雖然我是從一顆象徵不幸的蛋裡出生，卻是一隻得到滿滿的愛、一隻幸福的企鵝。

我還記得，那個對我來說最漫長的夜晚。

那天下的雨比平常還要大得多，所以我緊靠在諾頓的腿邊走路。我彷彿還能依稀聞到那天的味道。大雨傾盆而下，我們完全看不清楚前方，所有聲音都被雨聲淹沒，根本什麼都聽不到，但是氣味在風雨之中卻變得更加強烈。在雨中向前邁進的諾頓突然停下腳步，然後低聲的嘀咕了幾句。

「你說什麼？」我大聲問他。

他的眼睛貼近了我的臉，「噓，是那些傢伙的味道。」

諾頓低聲說著，我看見了他的眼神，嚇得往後退了一步——他的眼神失去了焦點，我好像正在看著另一隻我不認識的犀牛一樣。

諾頓像是被什麼迷住似的，循著味道走去。

是那些人類。諾頓為了等待報仇的時刻到來，還刻意讓自己作惡夢，以免他忘掉那些早已模糊的味道。

我感到莫名的不安，抓住諾頓的腿，「不要去，諾頓，不要去！拜託你不要去！」

這還是第一次，諾頓對我的話充耳不聞。他將我甩開，好像我是個累贅似的。我嚇得眼淚流個不停，用比大雨還要更大的聲量，大聲呼喚著拋下我離去的諾頓。

「你要我怎麼辦！如果你就這麼死了，要我怎麼辦啊！你不是說你和奇庫約好了嗎？你這隻笨犀牛！」

諾頓停下腳步轉過身來，但並不是因為我的緣故，而是因為腳下的地面開始震動，接著清楚傳來人類和卡車的聲音。他們正在朝著這裡逼近。

諾頓對我大喊：「快跑！你快逃跑！」

但我在傾盆大雨之中，根本找不到任何藏身之處。這要是發生在平時，我早就躲進諾頓的懷裡了，但是現在我沒辦法輕易到他身邊。他遠遠看起來，就像一顆巨大的岩石一樣。

卡車衝破雨水駛來的聲音，漸漸變得愈來愈近，但諾頓還是不動如山。

「諾頓！諾頓！」

我大聲呼叫諾頓的名字，因為除此之外，我也想不到其他方法了。

「諾頓！諾頓！」

我的聲音好像也被冒雨而來的人類聽到了，子彈開始不知從何處朝我飛來，但我依然沒有停止呼喚諾頓的名字。有一顆子彈擦過我的翅膀，我感到非常痛苦又害怕。隨著飛來的子彈愈變愈多，傷口愈來愈疼，我呼叫諾頓的聲音也就變得更大了。

「諾頓！諾頓！諾頓！」

接下來的事情就發生在一瞬之間。原本還在前方的諾頓突然向我衝來，不知何時將我叼起，開始拼命奔跑。

他的速度比風還快，快到我難以分辨與我擦身而過的東西，究竟是雨水還是子彈。但諾頓現在就在我的身邊，而不知是不是因此放下心來，我就這麼昏了過去。

當我再度睜開眼時，又看見我出生第一天看過的那雙閃爍眼睛。這時雨已經停了，天空也染上了我和諾頓曾經一起看過的芒果色。

諾頓默不作聲的低頭看著我。

「人類怎麼樣了？」

「不知道，總之我已經盡量遠離他們了，所以放心吧。」

我閉緊雙眼對諾頓說：「諾頓，你不要報仇了，和我一起生活吧。」

聽到我這麼說，諾頓默默的流下眼淚，他這麼一哭，我也跟著哭了。我們全身傷痕累累、精疲力盡，簡直就是一團糟。

但我們還是活下來了。雖然我們是全世界最後一隻、又無法報仇的白岩犀牛，以及一隻從帶有不幸黑斑的蛋中出生的小企鵝，我們終究還是度過了那個漫漫長夜，就這麼活下來了。

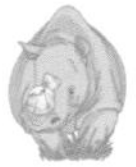

犀牛之海

沙漠從遠處看來有點荒涼，諾頓和我走在其中，就像是毫無生氣的兩個小點。但只要再靠近一點看，就能發現不停穿梭在沙粒之間的螞蟻、稀稀疏疏的草叢，還能聽到蟲子在雨水坑上的爬行聲、靜靜吹拂的風聲，和我們自己的聲音。在沙漠的沙粒之間，藏有無數的生命體，生存的奇蹟並不只有發生在我們身上。

我總是非常好奇沙漠的盡頭會是什麼樣子，但沙漠卻趁我沒發覺時來到了盡頭，接著又重新開始。我一個沒注意，就有好多東西都變得不同了。

諾頓和我朝著大海的方向繼續前進，然而當我們在黑夜中追著明亮的光芒時，卻又再次遇上了人類。

一開始我們只是好奇，想知道出現在一片黑暗中的明亮光芒是什麼而接近，但在知道那些光芒是人類之後，我們就沒再靠過去了。諾頓和我遠遠的躲在岩石後頭，看著那些人。他們在卡車前方升起營火，圍坐在一起談天說地。那裡有像諾頓一樣大的人類，也有像我一樣小的人類，他們在一陣笑笑鬧鬧、互相擁抱之後就入睡了。

若是以前的諾頓，一定會衝過去，用角將那些人撞飛，將卡車撞爛，再把那裡變成一片廢墟。但多虧了那個漫漫長夜，我們不會再那麼愚蠢了。後來，諾頓和我趁人類睡著的時候，安靜的離開了那裡。

只屬於我倆的旅程又再度開始。在我們穿越沙漠的途中，諾頓的腳程變慢許多，他在很久以前受過傷的那隻腳，已經不太方便行走，不知從何時開始，變成由我帶頭，諾頓則跟在我身後慢慢行走。在我出生之前就經歷過無數夜晚的諾頓，已經非常疲憊，當時我只想快點找到大海，認為只要到了海邊，他應該就會立刻好起來。

我看見遠方的沙丘，在那沙丘的後方又有高聳的懸崖，我們朝著那個方向行走。我告訴諾頓，大海似乎已經就在不遠之處，他反問我這是不是企鵝的直覺。我告訴他沒錯，諾頓就滿足的笑了。

當晚，不知諾頓是不是又作了惡夢，他的鼻子不斷噴氣，甚至還發出了呻吟。我原本想將諾頓喚醒，但他的身體就像是一顆火球般發燙。就像當初諾頓講故事給年幼的我聽一樣，我也開始為他說起他的家人、那些大象、昂加布，還有奇庫與溫博的故事。

那是一個漫漫長夜。

即使天亮了，諾頓依然沒有好轉的現象。我看著四周，一如往常的就只有我們倆。是啊，我們一直都只有彼此。但全世界最強的諾頓現在病倒了，讓我感到有些束手無策。不管發生什麼事，諾頓總會想出辦法解決，但我卻什麼都辦不到。

這時，遠處傳來轟隆隆的聲音。我認得這個聲音，那是卡車的聲音，是人類。我還是第一次感到這麼焦急，我使出渾身的力氣，試著想要將諾頓扶起，但他卻一動也不動。我原本想將他藏到附近的石頭後面，但就連這件事也不容易辦到。我大喊大叫、用我的嘴啄咬諾頓，並試著用盡全力來推動諾頓，但這全都是白費工夫。

人類的聲音愈來愈接近，我一邊哭著一邊在諾頓的四周拉屎——這是我唯一能為他做到的事情。

那些人類沒有略過諾頓，卡車停止之後，人類走了下來。我為了讓自己生存下去而躲到了石頭後方，雖然我真的很害怕，但我的眼睛卻不曾離開過諾頓，因為我早已下定決心要好好的看著他，直到最後一刻。

人類小心翼翼的走到諾頓身旁，看見我死命拉在他身旁的糞便，顯得有些不解，接著用長長的棍子碰了一下癱軟的諾頓，而諾頓只是無力的「哼」了一聲，無法做出任何抵抗。我直覺人類好像就要對諾頓開槍、砍去他的犀角，然後跑來抓我了。

那時，卡車上又走下一個人，他的懷裡還抱著一個小小人。這些人就是諾頓和我在沙漠見過、在營火前的那些人類。

他們相互交談了一下，其中一人從口袋掏出了一個方形、像是石塊的東西，接著又開始大聲喧嘩了起來。他們並沒有馬上殺死諾頓，我不知道他們心裡是怎麼想的，但他們就只是在諾頓身邊走來走去。那些人感覺似乎不像下大雨那天的人類那麼恐怖，我在腦中不斷思索可以趕跑他們的辦法。

這時，我和諾頓對上眼，他用眼神示意要我逃跑，而我用眼神對他說我才不會逃跑。他看了一下我拉在地上的那圈糞便，又對上我的眼睛。諾頓誇獎我做得很好，所以就算現在我不在了，那些人類也不敢隨便對待他，要我趕快離開。我的眼淚突然奪眶而出。

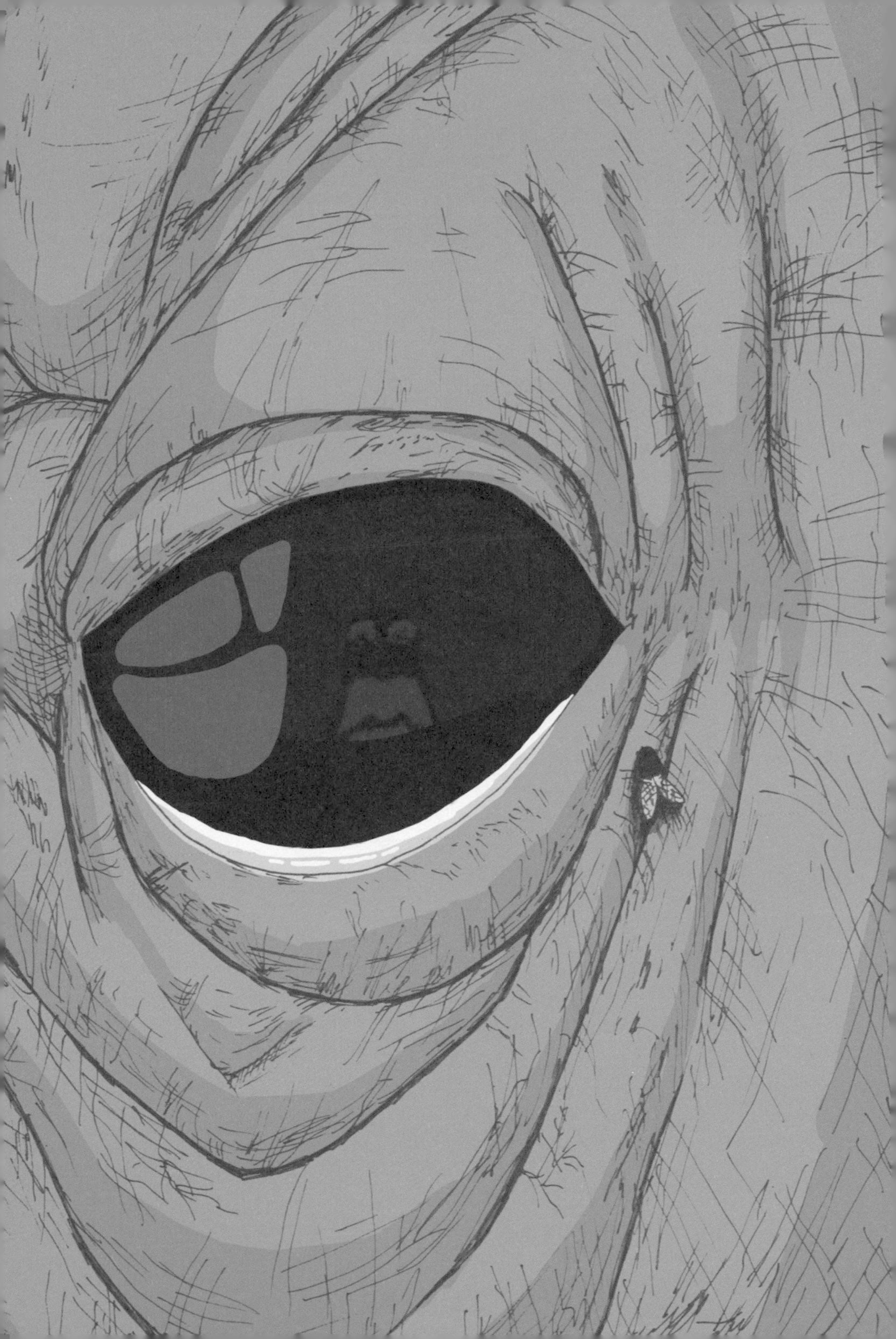

遠處傳來另一輛卡車的聲音，一輛更大的卡車正朝著我們駛來，抱著小小人的那個大人揮手迎接那輛卡車。那個人打算叫來更強大的夥伴來殺掉我們！我覺得自己完全受騙上當了。

大卡車上走下了幾個人，他們肆無忌憚的接近諾頓。諾頓雖然想要抵抗，但他似乎連半點力氣都使不上來。有好幾個人將諾頓搬到毯子和木板之類的東西上，好不容易才將他抬上了大卡車。諾頓一被送到車裡，大人手上抱的那個小小人就開始鼓掌，其他人也跟著拍手叫好。

我趁著他們忙著拍手叫好和交談的空檔，偷偷從石頭後方溜出來衝向卡車。諾頓正在裡面睡覺，而我踮起了腳尖，跳進那臺卡車裡面躲好。

過了一會兒，卡車開始顛簸起來。最先發現我們的那群人，在卡車後方揮著手，他們的身影愈來愈遠，變得就像沙粒一樣小，最後再也看不到了。

現在在這輛規律顛簸的卡車上，又只剩下我們了。那天真是累人的一天，我喘著氣，鑽進正在睡覺的諾頓懷裡，感覺好溫暖，於是我就這麼在他懷中睡著了。

我感覺顛簸停止了，於是從睡夢中醒來。我好像作了一場夢，但卻怎麼也想不起來，或許諾頓身體不舒服，還有被人類抓走的這件事，都只是一場夢吧。我放下心來看了看四周，發現我們還在那臺卡車上。

過了一會兒，我聽到人類從卡車下來的聲音，我迅速的跳下卡車，躲到附近的石頭後面。諾頓依然正在熟睡，人類們使勁的將他抬了下來，接著卡車又發出一聲巨響，接著消失在遠方。

我們來到的地方，是整條地平線都是綠色的草原。人類先將諾頓放到草原上，接著又來來回回的奔走，害我無法接近諾頓，只能遠遠的看著他。

有人正在觀察諾頓的腿，也有人魯莽的將頭伸進諾頓口中，我不知道諾頓為何不在那一刻將嘴巴「砰！」的一聲闔上。有幾個穿著白衣的人過來，將針插在諾頓身上，還測量著他犀角的大小。最後在太陽逐漸西下時，他們在諾頓身邊放了一把相思樹樹葉後就消失了。

等到人類全都離開後，我才小心翼翼的走近諾頓。其實我好像是用跑的。

「你剛才躲在那塊石頭後面吧？」

「對。」

「雖然人類沒發現，但我全都知道。現在就算我不教你，你也躲得很好了，奇庫知道了一定會很高興。」

「你還好嗎？」

「我很好啊。以前我的朋友昂加布曾經說過，這世上也有好人。我想今天將我們帶到這裡的那些人類，就是他口中的好人吧，所以你不用擔心。」

「是那個想要跑得比風快的昂加布嗎？」

「對啊，就是那個昂加布。」

「總之我們趕快逃出這裡吧，現在機會正好，人類好像都去睡覺了。」

「我要留在這裡。」

「你說什麼？你又不知道這裡是哪裡。」

「你有看到那裡的地平線嗎？那條綠色的、左右晃動的地平線，這裡就是我的大海。」

「那我也要待在這裡。」

「不行，你得去尋找你的大海才可以，去尋找奇庫口中的那條藍色地平線。」

「我哪有辦法靠自己找到大海？再說奇庫又不了解我。我喜歡這裡，我要待在這裡。」

「你是企鵝啊，企鵝就得找到大海才行。」

「那我要當一隻犀牛。你之前說你是這世上僅存的白岩犀牛，那只要我也一起變成白岩犀牛不就行了？」

「真謝謝你這麼說。」

「你看我的鳥嘴，看起來就跟犀角沒有兩樣。還有，我是由犀牛養大的，所以比起成為企鵝，成為一隻犀牛還比較容易。」

「你已經是一隻很出色的犀牛了，現在就只剩下要成為一隻出色的企鵝。」

「別讓我自己去嘛。」

「過來，我抱你。我再講很多故事給你聽吧，講一整個晚上，今晚可是非常漫長呢。我來告訴你，關於你那些爸爸的故事。你要去找藍色地平線、去找大海、去尋找新朋友，然後告訴他們我們的故事。」

接著諾頓開始說起故事，從大象的故事，說到他妻子和女兒的故事，還有昂加布、奇庫與溫博，和一顆帶有不幸黑斑的蛋的故事。他講了一整個晚上，有些故事我已經聽過，但有些還是第一次聽到。

天快亮時，我離開了諾頓的懷抱。

天色一亮，人類果然準時出現。他們完全不知道什麼叫累，一整天都在不斷的找諾頓麻煩。有個人在觀察諾頓之後，在紙上寫下一些東西；有個人從早到晚都站在諾頓面前，一直用燈光照他，還不停發出「喀擦喀擦」的聲音；有個人拿著小針刺向諾頓的身體；有個人近距離察看著諾頓的眼睛，摸了摸他受傷的腿，頭左右晃個不停；還有些人拿著槍查看四周，也有些人帶回各種神奇的葉子和果實。總之那些人類連一刻都不肯放過諾頓。

諾頓沒有對他們發火，但他看起來很累。我一直暗中觀察那些人類，想藉此確認他們究竟是不是好人。當人類出現時，我會躲到草原遠方的草叢中，觀察他們對諾頓做出的一舉一動。等到太陽西下後，我會再次回到諾頓的懷抱中，聽他講故事。每當我窩到他的懷裡，他就會重新再說一次相同的故事。

我們就這麼度過了好幾個夜晚。

某天晚上，我聽著諾頓的故事，望著夜空中的星星，突然明白今天就是我和諾頓共度的最後一晚，我該去尋找自己的大海了。我看著諾頓的眼睛，用眼神告訴他這件事，而他也早已明白。

我們看著彼此的眼睛，相視了很久。

綠色地平線另一頭開始發出微弱的光線，天又快亮了。

諾頓使出全身力氣猛然起身，用鼻子貼著我的嘴。這是在跟我道別。

我背對諾頓開始跑了起來。

諾頓就那麼站著看我的背影，看著我穿過草原、躲到石頭後方、跨過石子地、越過木製的籬笆，直到我消失在遠處為止。

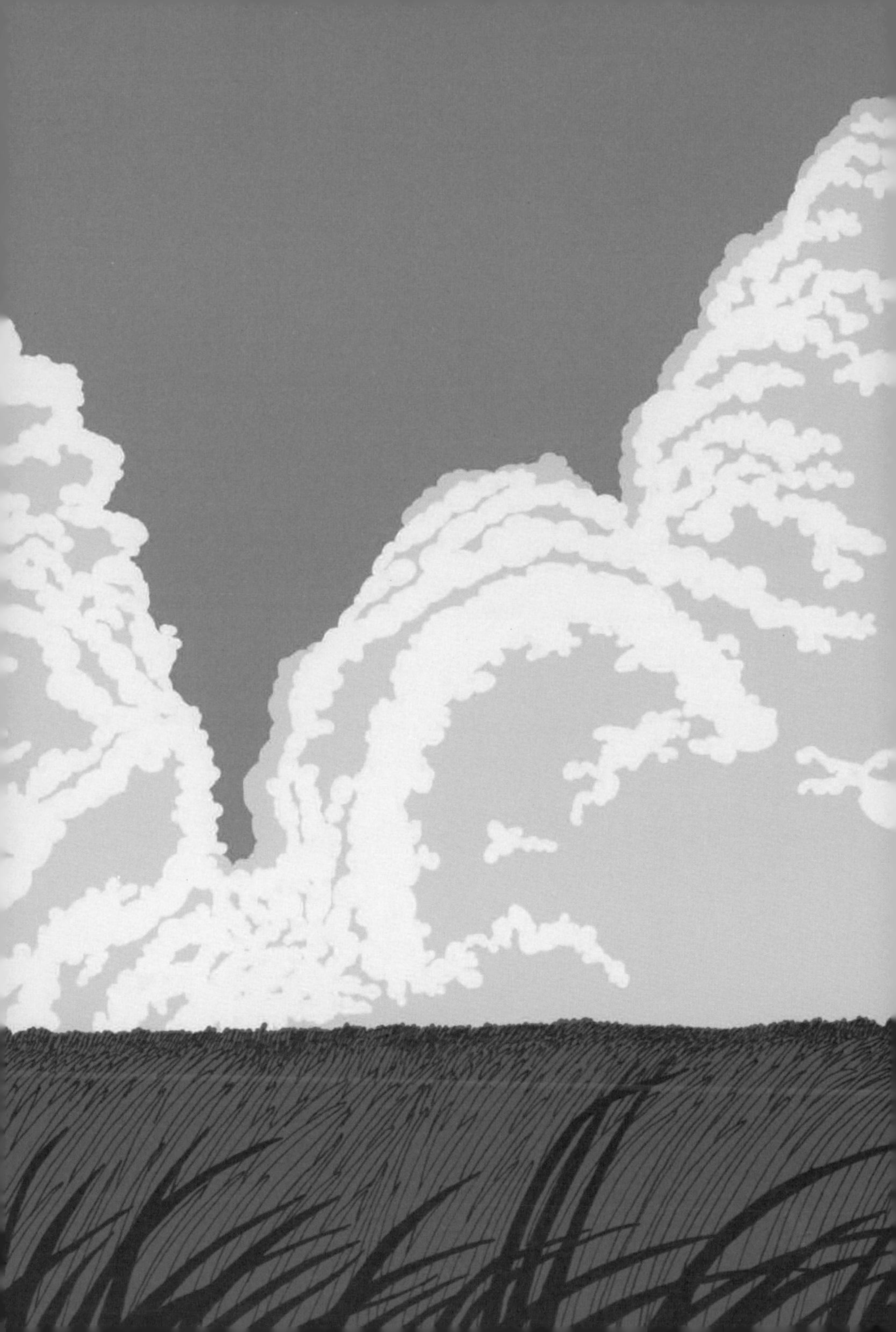

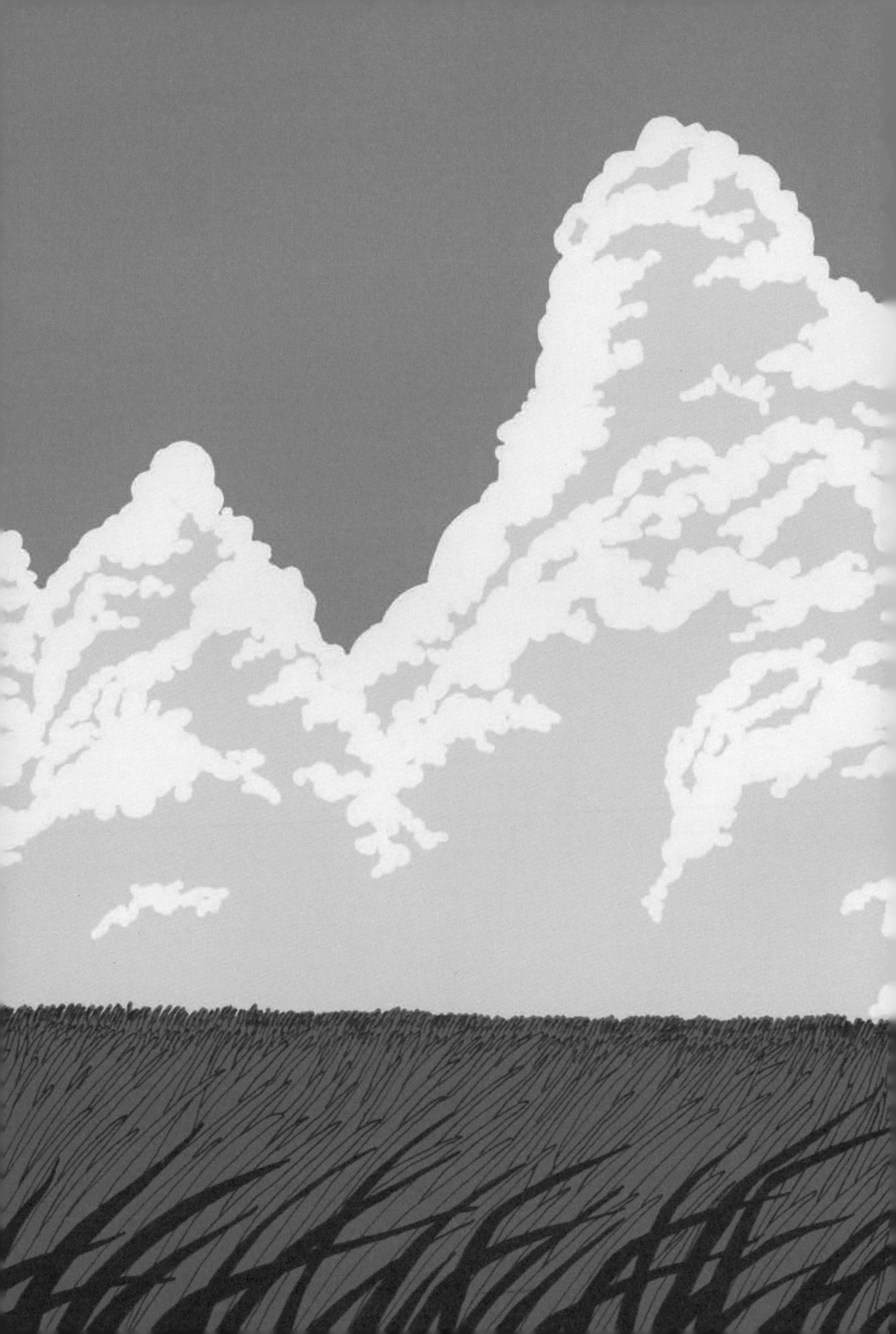

藍色地平線

遠處襲捲而來的海浪，在岸邊被摧毀成一片雪白，彷彿像要將我吞噬一般，讓我的腳有點癢癢的。是的，我來到了海邊。

諾頓最後目送著我跑開，從那時開始，我就不曾停下休息，而是拼命向前走、向前奔跑。我重新找到了沙丘，並爬上聳立在沙丘另一頭的可怕懸崖。有時幸運的話，懸崖峭壁上會出現一些可以讓我爬上去的小縫；而在找不到任何縫隙的時候，我只能用嘴啄著峭壁，自己

製造出縫隙。儘管我的嘴很痛，我也沒有因此停下來。

我在攀爬懸崖的時候，曾經腳滑了上百次。當我以為快成功了，卻又一時分心踩空，結果滾回最初的起點。當我重新爬上去的時候，又因為中途沒了力氣，再次掉下去。雖然我全身已經遍布瘀青和傷口，但還好這個夜晚並不漫長。我反覆著爬上去、掉下來、爬上去、再掉下來的過程，經歷無數次的嘗試，最後終於爬上了懸崖頂端。

站上最頂端的那一剎那，我迎接了眼前沒有盡頭的藍色地平線，以及那帶有一絲鹹味的清涼海風。整個世界都是藍色的。

我站在懸崖上俯瞰這片藍色世界許久。大海過於廣大，而我們卻太過渺小；大海美得叫人難以言喻，而我們卻遍體鱗傷。

我似乎能理解，身為全世界最後一隻白岩犀牛的心情，也能體會諾頓妻子為了家人賭上性命衝出去的心情，可以理解奇庫要拋下還沒死去的情人，帶蛋逃跑的心情，理解昂加布認為獨自逃跑的人生並無樂趣可言的心情，還有諾頓下定決心要和象群道別時的心情……

我踩著潮濕的沙子走向大海，在我面前，大海不斷的重複著無數次被沖毀、又站起來的過程。

我好害怕，但我深知自己即將進入那片海水，踏上冒險的旅程。我還得獨自度過無數個漫漫長夜，並要在那漫漫長夜的星空中，尋找某個猶如星星般閃耀的存在。

或許有一天我會再次遇到諾頓，他會認出我的氣味、講話的語氣和走路的步伐並走向我，其他從未見過犀牛的企鵝會害怕的逃走，但我會認出諾頓。然後，我們會再次輕碰彼此的鼻子和嘴，做為問候。

編按：《漫漫長夜》獲得韓國「文學村」兒童文學獎大賞首獎，該獎項評審委員、韓國具代表性的兒童文學評論家宋受娟撰寫本文，說明這部作品之所以能在眾多作品中脫穎而出、得到大賞，原因非常明確——《漫漫長夜》簡單又深刻的展現出「做為自己而活」的痛苦、恐懼與歡喜。不論是犀牛諾頓、小企鵝或是任何人，決意離開舒適圈，展開漫漫長夜的追尋，孤獨面對自我與世界、尋找能讓自己相信的意義，這個過程需要無比的勇氣、信念與愛。他們的身影，會為讀者帶來極大震撼。

附錄／專家賞析

無數個漫漫長夜，為的是星星般閃耀的存在

文／宋受娟　兒童文學評論家

《漫漫長夜》這個奇特的故事，是以犀牛和企鵝當主角。在這本書之前，我從未見過這種類型的動物故事。通常我們一提到「企鵝」，

就會聯想到可愛的動物故事，但本書描寫不是那種類型，但也不算是寓言。不管我怎麼描述這部作品，都一定有所疏漏，但若是硬要下個定義，我會說這是一部關於「老犀牛與小企鵝」的公路電影。在他們的腳步中，我們看見了痛苦、悲傷和憤怒，即便如此，他們還是擁有迫切想要抓住的希望與當下。在犀牛和企鵝兩行稀稀疏疏又密密麻麻的腳印中，這本書鉅細靡遺的刻劃了所有的一切。

旅程的開始

故事是從犀牛諾頓最安詳的時期開始的。那是一個如果眼睛看不見，只要跟看得見的大象結伴而行就好；如果腿不方便行走，就跟大腿健壯的大象結伴同行即可，將「互相依賴」視為常理的世界。雖然諾頓是大象孤兒院裡唯一的犀牛，但他在那裡過得非常幸福。後來，當他必須面對自己的未來、自己做出選擇的那天悄悄來臨時，他深感苦惱——究竟這輩子要當一隻無憂無慮的大象，還是要到外面的世界，去尋找自己內心疑問的解答？「既然你已經當上一隻出色的大象，現在就只剩下要成為一隻出色的犀牛了。」是這句話推了諾頓一把，讓他跨出那一步，走向外面的世界。而在那裡等待著諾頓的，又是什麼樣的生活呢？

遇見幸福與不幸

諾頓的生活和我們的十分相似。我們的生活是由好幾個猶如星光般閃耀的瞬間，加上漫長的枯燥乏味和痛苦交織而成。諾頓的生活也是如此，他在一生中最閃耀的某個「完美的夜晚」失去了一切。當他勉強保住性命後，卻又必須忍受憤怒及失眠之苦。在他準備要對人類進行報復時，昂加布帶給了他全新的夢想。接著，在他失去昂加布而感到茫然若失的當下，面前又出現了一隻乖僻的企鵝——奇庫。之後，諾頓便開始和這隻嘴裡銜著小水桶的企鵝，以及被裝在水桶裡的那顆蛋，一同朝著他們的大海前行。

我們生活中的不幸，雖然有些是自找的，但有些卻並非如此。雖然決定離開大象孤兒院，前往外面的世界是諾頓自己的選擇，但必須和突然找上門的獵人進行廝殺，這件事卻並非諾頓所選。就算我們將前者當做是自己的責任，硬扛了下來，但我們又該抱著什麼態度，去面對後者不斷重演的痛苦呢？

在「完美的夜晚」破碎後，諾頓雖然燃起了熊熊的復仇之心，但他也透過昂加布、奇庫和蛋，找到在這個「死比生還更容易」的世界中，必須堅持生存到最後一刻的理由。

不會斷過的愛與傳承

《漫漫長夜》中的主角們，展現出「我們的生活其實都環環相扣著」這個道理——雖然人生是自己的，但卻不僅屬於自己，因此我們必須得盡心盡力、拼死拼活，設法生存下去。就像大腿結實的大象會讓不便於行的大象依靠；諾頓的妻子總是幫助著諾頓，適應大自然的生活；溫博為了右眼看不清楚的奇庫，而總是選擇站在他的右側；昂加布一遍又一遍傾聽諾頓的故事⋯⋯這些小而偉大的愛的紐帶，一直不停的傳承下去，最後傳到了一顆因長有象徵不幸的黑斑，而被拋棄的小企鵝蛋身上。

這顆小蛋接收了所有人的愛，在戰爭的砲火中存活下來，降生於這個世上。小企鵝攀附著溫博和奇庫的生命線誕生，在與老犀牛諾頓結伴同行前往海邊的途中，聽到了關於自己根源的故事，以及必須生存下去的理由。

這隻沒有名字的小企鵝精力充沛，又有些莽撞。他不是為了任何人，而是因為自己想要活下去而生存下來。其實他正是由無數人的生命力交織而成的、所有孩子的縮影。雖然無法完全理解諾頓的想法，但他從諾頓身上收到了許多的愛，讓他得以茁壯成長。最後，他為了要為自己而活，選擇隻身前往大海，就像諾頓為了成為一隻犀牛而離開大象孤兒院一樣，小企鵝也在聽到諾頓對他說：「你已經是一隻很出色的犀牛了，現在就只剩下要成為一隻出色的企鵝。」受到勉勵之後，走上了自己的路。

做為自己活下去

「我是誰？」在文學上，是亙古通今、不停被提出的問題，而在這本書之前，早已經有很多作品都會探討這點，未來也將會有更多故事提起這個主題。儘管如此，《漫漫長夜》之所以能在眾多作品中雀屏中選、得到大賞，原因非常明確——這部作品簡單又深刻的展現出「做為自己而活」的痛苦、恐懼與歡喜。離開不會有任何意外發生的舒適圈，選擇進入漫漫長夜之中的諾頓；離開會是他全世界的諾頓，選擇獨自前往尋找深藍大海的小企鵝等，他們的身影都將為讀者帶來極大震撼。

小企鵝最後在懸崖上得到的領悟十分淒美。一直到站在懸崖上的那個瞬間，他才終於明白做為全世界最後一隻白岩犀牛存活的孤獨；明白諾頓妻子為了家人而捨身衝出去的勇氣；明白奇庫要拋下還沒死去的情人，逃跑的心境，還有當下溫博與奇庫眼神交會時的感受。都是因為有了所有人的漫漫長夜，以及其中的淚水、痛苦、牽絆與愛，我們才能成為現在的「我」。如今，小企鵝即將抱著自身的恐懼，縱身躍入大海，他將「獨自度過無數個漫漫長夜，並要在那漫漫長夜的星空中，尋找猶如星星般閃耀的某個存在。」

正如《漫漫長夜》所傳遞的，我們的生活說不定就是一灘髒水坑，然而，這部作品也沒有忘記告訴我們，在那灘髒水之中，還有如同星星般閃耀的存在。